Goosebumps®

Goosebumps®

Goosebumps®

雞皮疙瘩 33

千萬別睡著！

Don't Go to Sleep!

R.L. 史坦恩（R.L.STINE）◎著

孫梅君◎譯

致台灣讀者

讀者們，請小心……

我是R・L・史坦恩，歡迎到「雞皮疙瘩」的可怕世界裡來。

你是否曾在深夜裡聽到過奇怪的嚎叫？你是否曾在黑暗中聽到腳步聲——卻根本看不到人？你是否見過神祕可怖的陰影，幽幽暗處有眼睛在窺視著你，或者身後有聲音叫你的名字？

如果是這樣，你應該了解那種奇特的發麻的感覺——那種給你一身雞皮疙瘩、被嚇呆的感覺。

在這些書裡，幽靈在閣樓上竊竊低語；膽顫心驚的孩子忽而隱形；稻草人活了，在田野裡走來走去；木偶和布娃娃也有生命，到處嚇人。

當然，這些都是磨礪心志的好玩的嚇人事。我希望你們感到害怕，同時也希望你們大笑。這都是想像出來的故事。當然，最可怕的地方在你們自己心裡。

過個害怕的一天吧！

出版緣起

人生從奇幻冒險開始

城邦媒體集團首席執行長 何飛鵬

我的八到十二歲是在《三劍客》、《基度山恩仇記》、《乞丐王子》中度過的。可是現在的小孩有更新奇的玩具、電玩、漫畫，以及迪士尼樂園等。

八到十二歲，正是孩子從字數極少、以圖畫爲主的繪本閱讀，跨越到漸漸以文字閱讀爲主的時期。也正是訓練孩子從圖像式思考，轉變成文字思考的重要階段。在這個階段，養成長期的文字閱讀習慣，能培養孩子敘事、分析、推理的邏輯思辨能力，奠定良好的寫作實力與數理學力基礎。

然而，現在的父母擔心，大環境造成了習於圖像、不擅思考、討厭文字的一代。什麼力量能讓孩子重回閱讀的懷抱呢？

全球銷售三億五千萬冊的「雞皮疙瘩」，正是爲了滿足此一年齡層的孩子的需求而誕生的！

無論是校園怪奇傳說、墓地探險、鬼屋驚魂，或是與木乃伊、外星人、幽靈、吸血鬼、殭屍、怪物、精靈、傀儡相遇過招，這些孩子們的腦袋裡經常出現的角色或想像，經由作者的生花妙筆，營造出一個個讓孩子們縱橫馳騁的魔幻時空、光怪陸離的神奇異界，經歷各種危急險難，最終卻又能安全地化險爲夷。這樣的冒險犯難，無論男孩女孩，無不拍案稱奇、心怡神醉！

本系列作品被譯爲三十二種語言版本，並在全球數十個國家出版，創下了出版史上多項的輝煌紀錄，廣受世界各地孩子的喜愛。作者史坦恩表示，這套作品之所以成功，是因爲多年的兒童雜誌編輯工作，讓他對兒童心理和兒童閱讀需求有了深刻理解——他知道什麼能逗兒童發笑，什麼能使他們戰慄。

我們誠摯地希望臺灣的孩子也能和世界上其他的孩子一樣，有更豐富多元的閱讀選擇。更希望藉由這套融合驚險恐怖與滑稽幽默於一爐，情節緊湊又緊張的「雞皮疙瘩系列叢書」，重拾八到十二歲孩子的閱讀興趣，從而建立他們的閱讀習慣，擁有一個快樂學習的童年。

現在，我們一起繫好安全帶，放膽體驗前所未有的驚異奇航吧！

專文推薦

戰慄娛人的鬼故事

國立臺北教育大學語文與創作系兒童文學教授　廖卓成

這套書很適合愛看鬼故事的讀者。

文學的趣味不止一端，莞爾會心是趣味，熱鬧誇張是趣味，刺激驚悚也是趣味。有人擔心鬼故事助長迷信，其實古典小說中，也有志怪小說一類，《聊齋誌異》就有不少鬼故事。何況，這套書的作者開宗明義的說：「這都是想像出來的故事」，不必當眞。

既然恐怖電影可以看，看鬼故事似乎也無妨；考試的書讀久了，偶爾調劑一下，對頭腦卻是有益。當然，如果看鬼片會連續失眠，妨害日常生活，那就不宜勉強了。

雋永的文學作品，應該有深刻的內涵；但不少兒童文學作品說教有餘，趣味不足。只要有趣味，而且不是害人爲樂的惡趣，就是好的作品。鮑姆（Baum）在《綠野仙蹤》的序言裡，挑明了他寫書就是爲了娛樂讀者。

倒是內行的讀者，不妨考校一下自己的功力，留意這套書的敘事技巧，由主角「我」來講故事，有甚麼效果？書中衝突的設計與化解，是否意想不到又合情合理？能不能有不同的設計？會不會更好？這是另一種引人入勝之處。

導讀

結局只是另一場驚嚇的開始

臺北藝術節藝術總監
臺北藝術大學戲劇系兼任助理教授
耿一偉

不知道大家還記不記得，小時候玩遊戲，比如捉迷藏等，都會有一個人要當鬼。鬼在這個遊戲中很重要，沒有鬼來捉人，遊戲就不好玩。這些遊戲的關鍵特色，不是人要去消滅鬼，而是要去享受人被鬼追的刺激樂趣。所以當鬼捉到人後，不是遊戲就結束，而是下一個人要去當鬼。於是，當鬼反而是件苦差事，因爲捉人沒有樂趣，恨不得趕快找人來替代。所以遊戲不能沒有鬼，不然這個遊戲就不好玩了。

在史坦恩的「雞皮疙瘩系列」中，這些鬼所扮演的角色也是類似遊戲中的鬼，給我帶來閱讀與想像的刺激。各位讀者如果留意一下，會發現在他的小說中，都有一個類似的現象，就是結局往往不是一個對抗式的終局，一種善惡誓不兩立，以消滅魔鬼爲最終目標的故事——這比較是屬於成人恐怖片的模式，不是你死，就是人類全部變殭屍。但「雞皮疙瘩系列」中，你的雞皮疙瘩起來了，可是結尾的時候，鬼並不是死了，而是類似遊戲一樣，這些鬼換了另一種角色，而且有下一場遊戲又要繼續開始的感覺。

礙於閱讀的樂趣，我無法在此對故事結局說太多，但各位看完小說時，可以再回想我在這裡說的，就知道，「雞皮疙瘩系列」跟遊戲之間，的確有類似性。換另一個角度來看，這些主角大多為青少年，他們在生活中碰到的問題，如搬家面對新環境、男生女生的尷尬期、霸凌、友誼等，都在故事過程一一碰觸。

「雞皮疙瘩系列」令人愛不釋手的原因，也在於表面上好像主角是鬼，但讀到一半，你會感覺到，故事的重點不知不覺地從這些鬼怪轉移到那些被追的青少年身上，鬼可不可怕不是重點，重點是被追的過程中，一些青少年生活中的苦悶，也被突顯放大，甚至在故事中被解決了。所以你會在某種程度感受到，這本書的內容是在講你，在講你的生活，在講你的世界，鬼的出現，只是把這些青春期的事件給激化了。

另一個有趣的現象，是從日常生活轉入魔幻世界的關鍵點，往往發生在父母不在身邊，然後主角闖入不熟識空間的時候——比如《魔血》是主角暫住到姑婆家、《吸血鬼的鬼氣》是闖入地下室的祕道、《我的新家是鬼屋》是新家的詭異房間……等等。

因爲誤闖這些空間，奇怪的靈異事件開始打斷平凡無趣的日常軌道，一段冒險展開了，一場你追我跑的遊戲開始進行，而父母們往往對此毫無所悉，不知道自己的兒女在故事結束時，已經有所變化，變得更負責任，更勇敢。

「雞皮疙瘩系列」的意義，也在這個地方。在平凡無奇充滿壓力的青春期校園生活中，有那麼多不快樂、有那麼多鬼怪現象在生活中困擾著我們，但這無法跟家長說，因爲他們不能理解，他們看不到我們看到的。但透過閱讀，透過想像力所引發的鬼捉人遊戲，這些不滿被發洩，這些被學校所壓抑的精力被釋放了。

幸好有這些鬼怪的陪伴，日子不再那麼無聊，世界可以靠自己的力量改變。

終究，在青少年的世界裡，鬼怪並不是那麼可怕，在史坦恩的小說中，也往往會有主角最後拯救了這些鬼怪的情形，彷彿他們不是惡鬼，而比較像誤闖人類世界的外星人……這也是青少年的焦慮，他們正準備降臨成人世界，這件事讓他們起了雞皮疙瘩！！

這句英文怎麼說

我的房間裡堆滿了雜物。
My room was packed with junk.

1.

喀啷！

「啊唷！我被克林貢人打到啦！」

我揉著頭頂，把我那眞人大小的克林貢人照片——「星際爭霸戰」裡一種好戰的外星人——一腳踹開。當我正要伸手去拿最愛的故事書《螞蟻攻擊冥王星》時，一大塊硬紙板從架子頂上掉下來，砸在我的頭上。

我又踢了克林貢人一腳。

「欠踹呀，你這塊可惡的硬紙板！」

眞是受夠了！這些東西老是攻擊我。

我的房間裡堆滿了雜物，東西老是從架上掉下來，砸在我的頭上。這已經不

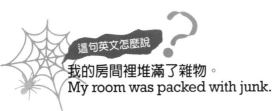

是第一次了。

「喝呀！」我又給那克林貢人補上一腳。

「馬修．阿姆斯特丹是個十二歲大的怪胎。」我哥哥葛瑞格站在房間門口，對著一台錄音機低聲說道。

「滾出我的房間！」我沒好氣地說。

他完全不理會我，而且一向如此。

「以他的年紀來說，麥特長得算是挺瘦小的，有著一張小豬似的、圓圓的娃娃臉。」

他仍對著錄音機說話。

「麥特的金髮顏色很淺，從遠處看，簡直就像是禿頭。」葛瑞格用一種假仙的低沉聲音說道，他想模仿那些自然生態節目裡描述動物者的聲音。

「至少我頭上沒有頂著一塊百利菜瓜布。」我回敬一句。

葛瑞格和我的姊姊潘都有一頭粗硬的棕髮，我的則是白金色的，而且非常稀疏。媽媽說爸爸的頭髮跟我一樣，但是我不記得了，因爲他在我還是嬰兒的時候

這句英文怎麼說

怪胎對正常人而言，永遠是個謎。
Geeks have always been a mystery to normal humans.

就過世了。

葛瑞格對我怪笑一聲，繼續用那種「動物星球」的聲音說：

「麥特的天然棲息地是一間小小的臥房，裡頭塞滿了科幻書籍、異形太空船模型、漫畫書、髒襪子、發臭的披薩硬皮，還有其他怪胎專用的東西。麥特怎麼能忍受呢？科學家對此感到不解。記住，怪胎對正常人類而言，永遠是個謎。」

「我寧願當個怪胎，也不要做個像你這樣的書呆子。」我說道。

「要當書呆子你還不夠聰明哩！」他用正常的聲音反唇相譏。

此時姊姊潘出現在門口，站在他身邊。

「怪胎世界發生了什麼事？」她問道，「你星球的母艦終於來接你了嗎？麥特。」

我把那本《螞蟻攻擊冥王星》朝她扔去。

潘今年念高一，葛瑞格念高二。他們總是聯合起來欺負我。

葛瑞格又朝他的錄音機說話。

「在受到威脅時，這怪胎『也會』攻擊人，不過他的危險性大約只等同於一碗馬鈴薯泥。」

「出去！」我大喊，想要把門關上，卻被他們堵住。

「我不能走，」葛瑞格抗議道，「我有學校作業要做，必須觀察家裡的每一個人，寫一篇關於他們的行爲報告。這是社會科作業。」

「去觀察潘挖鼻孔吧！」我悻悻地說。

潘一把推開葛瑞格，衝進房間，抓住我身上那件「星艦爭霸戰」T恤的領子。

「收回這句話！」她命令我。

「放手！」我喊道，「妳會把我的T恤扯壞的！」

「馬修非常在意他的怪胎服裝。」葛瑞格對著他的錄音機喃喃說道。

「我說收回那句話！」潘搖晃著我，「否則就叫畢吉來咬你！」

畢吉是我們家的狗，牠的體型不大，是一隻達克斯獵犬，但牠不知爲何很討厭我。

對其他每一個人——即使是全然陌生的人——牠都會搖尾巴、舔他們的手或什麼的，唯獨對我卻又叫又咬。

這句英文怎麼說

最後潘終於放開了我。
Finally Pam let me go.

有一回，畢吉溜進我的房間，趁我熟睡時咬我。通常我睡覺睡得很沉，要費好大的勁才能叫醒我。但是相信我，當一條狗咬你時，你會醒來的。

「過來，畢吉！」潘喊道。

「好啦！」我喊道，「我收回就是。」

「好答案，你贏得了『當頭棒喝』獎！」潘說道，用力敲我的頭。

「噢！噢——」我喘著氣喊道。

「怪胎的姊姊在他頭上敲了幾記，」葛瑞格說，「怪胎大喊：『噢！』」

最後潘終於放開了我，我踉蹌幾步，摔倒在床上。床鋪撞到了牆壁，一堆書從我頭頂的架上掉落，砸在我頭上。

「錄音機借我一下，」潘對葛瑞格說。她把錄音機搶了過來，對著麥克風喊道：「怪胎被擊倒了！拜我潘蜜拉．阿姆斯特丹之賜，正常人在這個世界上又安全啦，哇！哇！哇啊——」

我痛恨我的人生。

潘和葛瑞格總是把我當成人肉沙包。如果媽媽比較常在家，或許能阻止他們。

但是她幾乎很少在家。她同時兼兩份工作，白天教人使用電腦，晚上則在法律事務所打字。

潘和葛瑞格應該是要照顧我的——沒錯，他們的確「很照顧」我。他們務必要讓我每天二十四小時都很悲慘。

「這房裡臭死了，」潘抱怨著，「我們出去吧，葛瑞格。」

兩人砰地一聲關上了門。我的太空梭模型從衣櫥上掉下來，摔在地板上。

至少他們不再來煩我了。我不在意他們講的那些惡劣的話，只要他們走了就好。

我在床上躺好，讀我的《螞蟻攻擊冥王星》。我寧可待在冥王星上，也不想住在自己的家——即使有巨大的螞蟻朝我噴光束。

床鋪凹凸不平，我把一堆書本和衣服推落到地上。

我的房間是家裡最小的一間——當然啦，什麼東西我都是分到最爛的，即使是客房也比我的房間大。

這句英文怎麼說

她同時兼兩份工作。
She works two jobs.

我真不明白，我比任何人都更需要一間大房間啊！我有這麼多書、海報、模型，還有其他的雜物，幾乎都快沒地方睡覺了。

我打開書讀了起來，讀到一處很可怕的段落——賈斯汀．凱斯，一位人類太空旅行者，被邪惡的螞蟻皇帝逮住了。螞蟻皇帝正在向他逼近，越來越近，越來越近……我閉上眼睛一秒鐘——只有一秒鐘——但是我猜我睡著了。

突然之間，我感覺到螞蟻皇帝熱熱的、惡臭的氣息噴在我臉上！

噁！它聞起來和狗食的氣味一模一樣。

接著我聽見狗叫聲。

我睜開眼睛，結果比我想的還糟——比螞蟻皇帝還要糟糕。

是畢吉——正要朝我撲來！

2.

「畢吉！」我尖叫道，「快走開！」

啪嗒！

牠用那達克斯獵犬的血盆大口攻擊我。

我閃過牠——牠沒咬到我，我把牠推下床鋪。

牠又對我猛吠，想要跳回床上。但是牠太矮了，除非助跑一段距離往上跳，否則是上不來的。

我站在床上，畢吉在我腳邊猛抓、猛咬。

「救命呀！」我喊道。

這時我看見潘和葛瑞格站在門口，笑得都快沒氣了。

這句英文怎麼說

你不該睡那麼多覺的。
You shouldn't sleep so much.

畢吉退後幾步，準備助跑。

「幫幫我，你們兩個！」我懇求道。

「是，好。」潘說道。

葛瑞格笑得腰都直不起來了。

「拜託，」我哀號著，「我不能下來！牠會咬我！」

葛瑞格喘著氣說：「不然你覺得我們幹嘛把牠放到你床上呢？哈、哈、哈——」

「你不該睡那麼多覺的，麥特，」葛瑞格說，「我們覺得有必要把你叫醒。」

「而且我們很無聊……」潘補充道，「想要找點樂子。」

畢吉奮力跑過屋子，跳上床來。在牠跳上來的那一瞬間，我跳了下去，快步衝出房間——還在漫畫書上滑了一下。

畢吉追趕著我，我衝進走廊，在牠奔出來之前，及時甩上了房門。

畢吉像條瘋狗般地吠個不停。

「讓牠出去，麥特！」潘斥責我：「你怎能這樣對待我們可憐的好畢吉呢？」

「少煩我！」我回喊道，接著跑下樓，來到客廳裡，一屁股坐在沙發上，打開了電視。我不需要費神去選台，因爲我總是看同一台——科幻頻道。

我聽見畢吉奔下台階，不禁繃緊神經，等待牠的攻擊。但是，牠搖搖晃晃地走進廚房去了。

也許牠是去吃那些噁心的狗食吧！這頭肥胖的怪物。

這時前門開了，媽媽走了進來，手上提著幾袋雜貨。

「嗨，媽媽！」我喊道。

我很高興她回來了，因爲她在家的時候，潘和葛瑞格會收斂一點。

「嗨，寶貝。」

她把袋子提進廚房。

「我的小畢吉在這兒！」她哄道：「我可愛的小狗兒還好嗎？」

每個人都愛畢吉，除了我以外。

「葛瑞格！」媽媽喊道，「今天輪到你準備晚飯了！」

「我不能！」葛瑞格從樓上回道，「媽——我有好多作業要做！今天沒辦法弄晚飯。」

是喔——他忙著做功課，忙得無法停止騷擾我，把我逼瘋。

「叫麥特去弄，」潘接著喊道，「他沒在做事，只是在看電視。」

「我也有家庭作業，妳知道的。」我抗議道。

葛瑞格走下樓梯。

「是呀，」他說，「國一的家庭作業好難喲！」

「我打賭你國一的時候並不覺得它簡單。」

「孩子們，拜託你們別吵，」媽媽說，「我只有兩、三個小時可以休息，接著又得回去工作了。麥特，你準備晚飯，我要到樓上躺幾分鐘。」

我立刻衝進廚房。

「媽！今天又不是輪到我！」

「葛瑞格改天會弄。」媽媽保證道。

「那潘呢？」

「麥特——夠了！今天由你做飯，就這樣決定了。」她拖著疲憊的身軀上樓，走進臥房。

「太過分了！」我一邊低聲咕噥著，一邊打開廚櫃的門，接著砰地一聲關上。

「在這個家裡，我說的話從來都不算數！」

「你要弄什麼當晚餐？麥特。」葛瑞格問道，「異形漢堡嗎？」

「馬修．阿姆斯特丹張著嘴巴咀嚼食物。」葛瑞格又在對著他那愚蠢的錄音機講話。我們都在廚房裡，吃著晚餐。

「今晚阿姆斯特丹家的晚餐是烤鮪魚麵，」他說道，「麥特把它解凍，卻在烤箱裡烤了太久，底下的麵條都烤焦了。」

「閉嘴！」我低聲咕噥道。

有幾分鐘都沒人說話，唯一的聲響是叉盤相碰，還有畢吉的趾甲摩擦廚房地板的聲音。

「今天上學怎麼樣？孩子們。」媽媽問道。

「阿姆斯特丹太太問她的孩子今天過得如何。」葛瑞格對著錄音機說。

這句英文怎麼說

你一定得在餐桌上搞這玩意嗎？
Do you have to do that at the dinner table?

「葛瑞格，你一定得在餐桌上搞這玩意嗎？」媽媽嘆氣道。

「阿姆斯特丹太太抱怨她兒子葛瑞格的行爲。」葛瑞格低聲說道。

「葛瑞格！」

「葛瑞格！」

「葛瑞格的媽媽提高了聲音。她生氣了嗎？」

「我必須這麼做，媽媽，」葛瑞格轉換正常聲音，堅持道：「這是學校作業！」

「這讓我心煩得很。」媽媽說。

「我也是。」我附和道。

「誰問你了？麥特。」葛瑞格兇巴巴地說。

「那麼，吃完飯後再錄好嗎？」媽媽懇請他。

葛瑞格一言不發，但是他把錄音機放在餐桌上，吃起飯來。

「媽，我可以把冬天的衣服放到客房的衣櫥裡嗎？我的衣櫥都塞滿了。」潘問道。

「讓我想想看。」媽媽說。

「嘿!」我喊道:「她的衣櫥很大耶!幾乎有我整個房間那麼大!」

「那又怎樣?」潘輕蔑地說。

「我的房間是這個家裡最小的,」我繼續抗議道:「幾乎沒法在裡頭走動。」

「那是因爲你是個邋遢鬼!」潘開玩笑地說。

「我才不邋遢!我很愛整潔!但是需要大一點的房間。媽媽,我可以搬到客房去嗎?」

「不行。」媽媽搖搖頭。

「爲什麼不行?」

「我要把那間房間留給客人住。」媽媽解釋道。

「什麼客人?」我喊著,「從來都沒客人來過!」

「你外公、外婆每年耶誕節都會來。」

「一年才一次,外公、外婆不會介意在我的小房間裡睡一次的。其餘的時間他們自己住一整間房子。」

「你的房間睡兩個人太小了,」媽媽說,「很抱歉,麥特,你不能住到客房

這句英文怎麼說

那是因為你是個邋遢鬼。
That is because you are a slob.

去。」

「媽！」

「你幹嘛計較在哪兒睡呢？」潘說道，「反正你是全世界最會睡覺的人，龍捲風過境都不會把你吵醒！」

葛瑞格又抓起他的錄音機說：「當麥特不是杵在電視機前面時，他通常就是在睡覺。他睡著的時候比醒著多。」

「媽，葛瑞格又在對著錄音機講話了。」我向媽媽告狀。

「我知道，」媽媽疲憊地說：「葛瑞格，把它放下。」

「媽，拜託讓我換房間啦，我需要大一點的房間！我不是只在房裡睡覺——而是『住在』裡頭耶！我需要有個地方躲開潘和葛瑞格，媽——妳不知道妳不在家的時候，他們是怎樣欺負我的，簡直對我壞透了！」

「麥特，住口，」媽媽回答，「你有很棒的哥哥、姊姊，他們都很照顧你。你應該感謝他們。」

「我討厭他們！」

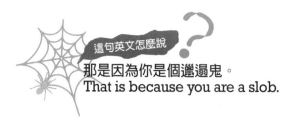

「麥特！我聽夠了，回你房間去！」

「那裡頭沒有我的空間！」我喊道。

「快去！」

當我上樓回房時，我聽見葛瑞格用他那播報員的聲音說道：

「麥特被處罰了。罪名是？他是個怪胎。」

我砰地一聲甩上門，把臉埋在枕頭裡，放聲尖叫。

整個晚上，我都待在自己房裡。

「真不公平！」我喃喃自語著，「潘和葛瑞格總能爲所欲爲，而我卻受到處罰！」

客房又沒人住……

我不在乎媽媽怎麼說，從今天起，我都要睡在客房裡。

媽媽已經去上晚班了，我耐心等待著，直到聽見潘和葛瑞格熄了燈，回到他們的房間。接著，我從房裡悄悄溜出來，溜進客房裡。

這句英文怎麼說

我的生活會變成一場徹頭徹尾的災難。
My life would be a complete disaster.

我要睡在客房裡，沒有任何事情可以阻止我。
我不覺得這有什麼大不了的，最糟糕的情況會是什麼呢？
媽媽可能會對我發火。
那又怎樣？
但我壓根兒沒想到早晨醒來時，我的生活會變成一場徹頭徹尾的災難。

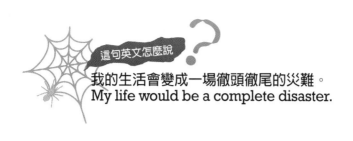

3.

我的腳好冷——這是我醒來時注意到的頭一件事。

雙腳從毯子底下露了出來，於是我坐起身來，把毯子往下拋，蓋住了雙腳。

接著我又趕緊拉起毯子。

那是我的腳嗎？

這雙腳好大，雖然不像怪物那麼大，但是對我而言卻太大了——比原來大上許多。

我的天哪！

我聽說過急速成長，也知道我這樣年紀的孩子發育得很快，但是這也太離譜了！

這句英文怎麼說

我無法移開視線。
I couldn't stop staring at myself.

我溜出客房，聽見媽媽、潘和葛瑞格都在樓下吃著早餐。

噢，糟糕，我睡過頭了。

希望沒人注意到我昨晚不是睡在自己的房裡。

我走到浴室去刷牙，感覺每樣東西都怪怪的。

當我摸到浴室的門把時，它的位置似乎不太對，彷彿有人趁夜裡把它調低了些；天花板好像也比較低。

我打開燈，往鏡中瞧去。

那是我嗎？

我無法移開視線，鏡中人看起來像是我自己——但又不太像。

我的臉沒那麼圓了。我摸摸上唇，上頭覆滿了金色的細毛，而且我比前一天高了大約十五公分！

我——我「變老」了，看起來大約有十六歲！

不、不，這不可能，一定是我自己想像出來的。

只要閉上眼睛一分鐘，當我睜開眼睛時，我又會變回十二歲了。

於是我緊緊閉上眼睛，數到十。

當我睜開眼睛時——一切都沒變，我還是個十六歲的青少年！

我的心臟怦怦直跳。我讀過《李伯大夢》的老故事，他沉睡了一百年，當他醒來時，已經人事全非了。

這樣的事也發生在我身上了嗎？我整整睡了四年嗎？

我衝下樓去找媽媽，她會告訴我發生了什麼事。

我穿著睡衣飛奔下樓，因爲不習慣有這麼大的腳，跑到第三級樓梯時，就絆到了左腳。

「不——」

砰！我一路滾下樓梯。

我跌了個狗吃屎，摔在廚房門前。葛瑞格和潘都笑翻了——想也知道。

「幹得好，麥特！」葛瑞格說，「得十分！」

我費力地爬起身來，沒時間理會葛瑞格的玩笑，我得跟媽媽談談。

她坐在廚房的餐桌旁吃著炒蛋。

這句英文怎麼說

你最好快一點，否則上學要遲到了。
You'd better hurry or you'll be late for school.

「媽——妳瞧瞧我！」

她看著我說：

「我看見你啦，你還沒換衣服，最好快一點，否則上學要遲到了。」

「但是，媽！」我強調地說：「我——我是個青少年了！」

「這點我很清楚，現在動作快一點，我再過十五分鐘就要出發了。」

「是呀，動作快點，麥特，」潘尖聲說道，「你會害我們上學遲到的。」

我正要轉身回嘴，但卻楞住了——她和葛瑞格坐在餐桌旁，正在咯吱咯吱地嚼著麥片。

這沒什麼奇怪的是不是？

唯一不對勁的是，他們看起來也不一樣了。如果我是十六歲，潘和葛瑞格就應該是十九和二十歲。

但他們並不是，甚至不是十五和十六歲。

他們看起來像是十一歲和十二歲！

他們變小了！

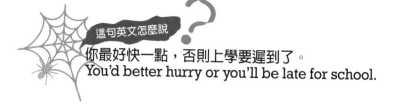

「這不可能！」我尖叫起來。

「這不可能！」葛瑞格模仿我的聲音取笑我。

潘也咯咯地傻笑出聲。

「媽——聽我說！」我喊道，「發生怪事了，昨天我還只有十二歲，今天卻變成十六歲了！」

「你是怪胎啦！」葛瑞格開玩笑地說。他和潘又笑成一團，兩人就像「長大」之後一樣討人厭。

媽媽心不在焉地聽我說話，我搖晃她的手臂，好讓她注意我。

「媽！葛瑞格和潘是我的哥哥、姊姊呀！但是現在他們突然變小了！妳不記得了嗎？葛瑞格是最大的呀！」

「麥特發神經了！」葛瑞格學杜鵑叫著：「咕咕！咕咕！」

潘倒在地上狂笑。

媽媽站起身來，把盤子放進水槽。

「麥特，我沒時間跟你鬧著玩。快到樓上去換衣服。」

這句英文怎麼說

葛瑞格是最大的。
Greg is the oldest.

「但是，媽——」

「快去！」

我能怎麼辦呢？沒人肯聽我說話，他們的言行舉止彷彿一切都很正常。

我上樓換衣服準備上學，卻找不到原來的衣服，只見抽屜裡塞滿了從未見過的衣物，都是我長大後的身體尺寸。

這會是某種玩笑嗎？

我一邊繫著我那十號球鞋的鞋帶，一邊納悶著。

一定是葛瑞格跟我開了某個愚蠢的玩笑。

但他是怎麼辦到的呢？葛瑞格怎麼能讓我長大——又讓他自己縮小？

即使是葛瑞格也辦不到……

這時畢吉跑了進來。

「噢，不，」我喊道，「走開，畢吉。走開！」

畢吉不聽我的話，直直地朝我跑過來，舔著我的腿。

牠沒有咆哮、沒有咬我，還對我搖尾巴。

原來如此！我明白了——每件事情都錯亂了。

「麥特！我們要出發了！」媽媽喊道。

我快步下樓，奔出大門。每個人都已經上車了。

媽媽開車載我們去上學，她在我的學校麥迪遜國中門口停了下來，我起身準備下車。

「麥特！」媽媽斥責道：「你要上哪兒去？快回到車上！」

「我要去上學呀！」我解釋道，「我以爲妳要我去上學呢！」

「拜，媽媽！」潘尖聲尖氣地說。她和葛瑞格親了媽媽，道了再見，便跳下車，跑進校門去了。

「別再胡鬧了，麥特，」媽媽說，「我上班要遲到了。」

我回到車上。媽媽又開了幾哩路，才把車停了下來……在一所高中門前。

「你的學校到了，麥特。」媽媽說。

我倒抽了一口氣。

是高中耶！

這句英文怎麼說

你今天是吃錯什麼藥啦？
What is your problem today?

「但是我還沒準備好要上高中呀！」我抗議道。

「你今天是吃錯什麼藥啦？」媽媽不耐煩地說。

她把手伸過前座，替我打開車門。

「快去吧！」

我只得下車，別無選擇。

「祝你有愉快的一天！」她一邊開動車子，一邊喊道。

我看了學校一眼，隨即明白——我這一天將很難愉快得起來。

4.

鈴聲響了。看起來很嚇人的大塊頭孩子湧進學校。

「快點，孩子，快進去。」一位老師把我推向門口。

我的胃腸翻攪起來。這就像是第一天入學——還要可怕十倍！可怕十億倍！

我想要尖叫：我不能上高中！我才念國一耶！

和幾百個孩子穿過走廊，我正往哪兒去呢？我納悶著，就連自己在哪一班上課都不知道。

一個穿著橄欖球夾克的大塊頭大步向我走來，並朝我的臉湊了過來。

「嗯……哈囉。」我說道。

這個傢伙是誰？

這句英文怎麼說

我連自己在哪一班上課都不知道。
I don't even know what class I'm in!

他一動也不動，一句話也沒說，只是站在那兒，跟我大眼瞪小眼。

「嗯，聽我說，」我開口說道：「我不知道要上哪一班。你知道像我這樣——你知道——這樣年紀的孩子在哪兒上課嗎？」

這個大塊頭——非常、非常大——開口了。

「你這個小癟三，」他低聲說道，「我要為你昨天對我做的事教訓你。」

「我？」我的心臟噗通直跳。

他在胡說些什麼呀？

「我對你做了些什麼？沒有呀，我什麼也沒做呀！我昨天根本不在這兒！」

他用他巨大的爪子按著我的肩膀，用力一捏。

「噢！」我喊道。

「今天放學後，」他緩緩地說，「你就會得到教訓。」

他放開我，慢慢地步下走廊，彷彿這個地方是屬於他的。

我嚇得要命，趕緊鑽進我看見的第一間教室。

我坐在教室後面，一位蓄著深色鬈髮的高個子女人走到黑板前面。

「好啦，同學們！」她一喊，每個人都安靜下來。「把課本翻到第一百五十七頁。」

這是什麼課呀？

我看鄰座女孩從書包裡拿出一本課本，看著書的封面。

這本書的標題是「進階數學：微積分」。

不！不！不！這不可能。

微積分！我連聽都沒聽過！我的數學很糟——即使是國一的數學。

我怎麼能學微積分呢？

老師看見我，瞇起了眼睛。

「麥特，你是這個班上的嗎？」

「不！」我喊道，從座位上跳了起來。「我不是這一班的，這是一定的！」

「你是在我兩點三十分的班上，麥特，除非你需要轉班？」老師又說。

「不、不，不用！」我說著往後退出教室，「我只是搞錯了，沒事！」

我用最快的速度逃出教室。

這句英文怎麼說

你是這個班上的嗎？
Are you supposed to be in this class?

好險……我兩點三十分也不會回去。

我想，我今天要蹺掉數學課。

現在我該做什麼呢？

我信步走下走廊，又有鈴聲響了，另一位老師——一個戴著眼鏡的矮胖子——走到門口，要關上教室的門，但他瞧見我了。

「你又遲到了，阿姆斯特丹。」他對我吼道：「快進來，快點。」

我急忙走進教室，並希望這是我可以應付的課——像是讀漫畫書的國文課。

可是我沒那樣的好運氣。雖然這的確是國文課，但我們正在讀的並不是漫畫書，而是一本叫做《安娜．卡列尼娜》的書。

首先，這本書大概有一萬頁長；其次，每個人都讀過它了，只有我沒有；第三，即使我試著去讀它，花上一百萬年我也不知道裡頭在說什麼。

「你是最後一個到的，阿姆斯特丹，」那老師說道：「就由你開始讀吧，從第四十七頁讀起。」

我在一張桌旁坐下，到處摸索。

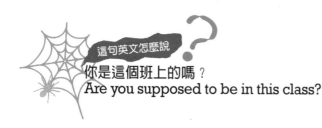

「嗯，先生，」我不知道這人的名字，「嗯……我沒帶書來。」

「是呀，你當然不會帶，」老師嘆著氣說：「羅勃森，妳把書借給阿姆斯特丹好嗎？」

羅勃森是坐在我旁邊的女孩。

這老師究竟是怎麼回事？用人家的姓氏稱呼每一個人。

那女孩把書遞給我。

「謝謝妳，羅勃森。」我說道。

她朝我皺了皺眉。我猜她不喜歡人家稱呼她「羅勃森」。但是我不知道她的名字，我這輩子從來沒見過她。

「第四十七頁，阿姆斯特丹。」老師重複一次。

我打開書，翻到第四十七頁，瀏覽了一下，深深地吸了口氣。

書頁上滿滿都是好長的字、好難的字、我不認識的字，還有長長的俄國名字。

我要大大地出糗了，我知道。

一句一句來……

這句英文怎麼說

那女孩把書遞給我。
The girl passed her book to me.

我對自己說。

問題是這些句子都好長，一個句子就佔去一整頁！

「你念是不念呀？」老師質問道。

我深吸一口氣，念出第一個句子。

「年輕的吉蒂．雪波——雪寶——雪碧——」

羅勃森竊笑起來。

「雪爾巴茨卡雅，」老師糾正我：「不是『雪碧』。這些名字我們全都教過了，阿姆斯特丹，你早該會念了。」

雪爾巴茨卡雅？

即使在老師示範發音之後，我還是念不出來。在我們國一的拼字測驗中，從來沒有過這樣的字。

「羅勃森，請妳接替阿姆斯特丹。」老師命令道。

羅勃森從我手上取回書，高聲念了起來。

我努力要聽懂這個故事。它是關於一些人去參加舞會，還有幾個男人想娶吉蒂公主。

女孩兒的東西……

我打了個呵欠。

「覺得無聊了？阿姆斯特丹。」老師問道，「也許我可以讓你清醒一點。你何不告訴我們這個段落是在講些什麼？」

「講些什麼？」我重複他的話，「你是說，它在講些什麼？」

「我是這麼說的。」

我有意拖延時間。

這堂愚蠢的課到底什麼時候才會結束呀？

「嗯……講什麼？它是在講什麼？」我喃喃自語，好像在努力思考似的。「你是問，它的意思是什麼？噢，這可眞難回答……」

其他所有的孩子都從座位上轉過身來，盯著我瞧。

老師用腳叩著地板。

「我們都在等你回答。」

該怎麼辦呢？我根本毫無頭緒，只好來個萬無一失的傻瓜脫身法。

「我得去洗手間。」我說道。

除了老師，每個人都大笑起來。他翻了翻白眼。

「去吧，回來的時候到校長室報到。」

「什麼？」

「你聽見我的話了，你和校長有個約會。現在快滾出我的班上。」

我跳了起來，跑出教室。

老天！高中的老師還真惡劣！

即使我被處罰了，還是很高興能離開那兒。

我從沒想到我會這麼說，從來沒有。但是我想要回到國中去！我希望每件事情都回復正常。

我漫步經過長廊，尋找著校長的辦公室。我發現一扇鑲著毛玻璃窗的門，窗上寫道：麥克納女士，校長。

我該進去嗎？

這句英文怎麼說？

也許我可以讓你清醒一點。

Maybe I can wake you up a bit.

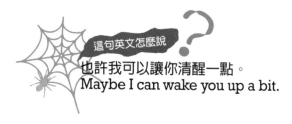

我考慮著。

我幹嘛進去呢？她只會對我大吼大叫。

我正要轉身離開時，有個人沿著走廊朝我走來。

一個我不想見到的人。

「原來你在這兒，你這小癟三！」

是今天早上那個大塊頭。

「我要把你的臉搥進地板裡！」

這句英文怎麼說

一個我不想見到的人。
Someone I didn't want to see.

5.

我倒抽一口氣。

突然間，校長室似乎沒有那麼可怕了。這傢伙——天知道他是誰——絕對沒法在校長室裡傷害我。

「我修理完你以後，你會需要去做整形手術！」那傢伙對我吼道。

我打開校長室的門，溜了進去。

一位有著銀灰色頭髮的壯碩女子坐在辦公桌後，正在寫東西。

「嗯？」她說道：「什麼事？」

我停下來好喘口氣。

我到這兒幹嘛來著？

噢，對了，是國文課……

「是我的國文老師叫我來的，」我解釋道：「我想我是有麻煩了。」

「坐下來，麥特。」

她給我一張椅子，人看起來似乎不壞，並沒有提高聲音。

「怎麼回事？」

「有什麼地方出差錯了，」我說，「我不應該在念高中的！」

她皺了皺眉。

「你到底在說些什麼呀？」

「我才十二歲呀！」我喊道：「我是國一生，不能念這些高中的書，我應該念國中才對！」

她看起來很困惑，伸出手來，把手背貼在我的額頭上。

她在檢查我是不是發燒了，我知道。

我說的話聽起來一定像個瘋子。

她緩緩、清楚地說：

這句英文怎麼說

我想我是有麻煩了。
I guess I'm in trouble.

「麥特，你是高二生，不是國一生。你聽懂我的話嗎？」

「我知道我『看起來』像個高二生，但是我不會那些功課！剛才在國文課上，他們在讀一本又大又厚的書，叫做安娜什麼東西來著，我連第一個句子都看不懂！」

「冷靜點，麥特，」她站起身來，走向一個檔案櫃。「你能做那些功課的，我會證明給你看。」

她抽出一份檔案，並打開它。我定睛看去，那是學校的成績紀錄，上頭有分數和評語。

我的名字寫在圖表的頂端，上頭有我國一的成績，還有國二、國三、高一，甚至高二上學期的。

「瞧見了嗎？」麥克納太太說道：「你能做這些功課的，你的成績多半是乙，每年。」

甚至還有幾個甲呢！

「但是——但是這些課我都『沒上過』呀！」我抗議道。

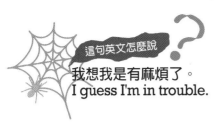

這是怎麼回事？我怎麼會跑到這麼遠的未來呢？這些年都跑到哪裡去了？

「麥克納太太，妳不明白，」我堅持說下去，「昨天我還只有十二歲，今天一覺醒來——我就變成十六歲了！我是說，我的身體是十六歲，但是腦袋還是十二歲呀！」

「是的，我知道。」麥克納太太回答。

這句英文怎麼說

我怎麼會跑到這麼遠的未來呢？
How did I end up so far in the future?

6.

「是，我知道你讀了很多科幻小說，」麥克納太太說，「但你不會指望我去相信這個蠢故事吧——是不是？」

麥克納太太叉起雙臂，嘆了一口氣。

我看得出來，她快要對我失去耐性了。

「你下一堂是體育課對不對？」

「什麼？」

「這一切都是個玩笑，是不是？」

她朝我的課表瞥了一眼，把它釘在檔案裡。

「我就知道，」她低聲咕噥：「你下堂課『的確』是體育課，而你以為這樣

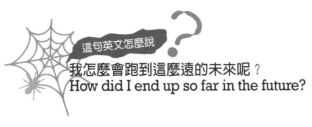

就可以不必上課了。」

「不！我說的是實話！」

「你得去上體育課，年輕人，再過五分鐘就上課了。」

我瞪眼看著她，覺得自己的腳好像黏在地上。我早該知道她不會相信我的。

「你還不走嗎？」她板著臉孔問道：「還是我得親自把你帶到體育館？」

「我去就是了，行了吧！」我退出辦公室，跑下走廊。

麥克納太太把頭伸出門外，喊道：「不要在走廊上奔跑！」

當我快步走向體育館時，心裡想著：潘和葛瑞格總是說高中很糟糕，但這簡直就是一場噩夢！

嗶！體育老師吹起了哨子。

「今天我們打排球，排好隊來挑選隊員。」

體育老師是個壯碩的漢子，戴著一小頂黑色的假髮。他選出幾位隊長，再由他們挑選隊員。

這句英文怎麼說

不要在走廊上奔跑。
No running in the halls.

別挑我，別挑我……

我暗自祈禱著。

但其中一位隊長——叫做莉莎的金髮女孩——挑中了我。

我們在排球網前列好隊形。

另一隊發球，那球像子彈般地朝我飛來。

「我來！我來！」我喊道。

我跳起來要把球擊回。

碰——球砸在我頭上。

「噢！」我揉著腫痛的腦袋。

我忘記了——我的個頭比以前高得多。

「快醒來吧，麥特！」莉莎喊道。

我有種感覺——我恐怕沒法打好排球。

那球又再度朝我們飛來。

「快截住它，麥特！」有人喊道。

這一回我跳得更高了，但是我被自己巨大的腳絆倒了——啊！結果跌在旁邊那個隊友身上。

「小心點，老兄！快起來！」那傢伙吼道，並按住手肘。「噢！我的手肘受傷了！」

老師吹起哨子，趕緊朝那人跑來。

「你最好到保健室去。」他說。

那傢伙蹣跚地走出體育館。

「你可真行呀，麥特，」莉莎譏諷地說，「這次試著不要出錯，好嗎？」

我困窘地脹紅了臉。

我知道自己看起來像個蠢才，但是我不習慣這樣的高度呀！而且有這麼大的手和腳，我不知道怎樣控制它們。

接下來幾個回合，我沒出什麼差錯。而事實上，球根本沒到過我身邊，所以也沒機會出錯。

之後，莉莎說道：「該你發球了，麥特。」

這句英文怎麼說

我的手肘受傷了。
I hurt my elbow.

我就知道遲早會輪到我。我一直在觀察其他人發球，好知道該怎麼做。

這次我不會再搞砸了，我發誓。我要好好發球，爲我們的球隊得分，這樣他們就不會怪我害大家輸球了。

我把球拋上空中，使出吃奶的力氣用拳頭擊去，想要把球打過網子。

砰！我用前所未有的力道擊在球上，它咻咻地飛過空中，快得幾乎看不見。

啪！

「噢！」

莉莎俯下身來，捂住腦袋的一側。

「你幹嘛那麼大力呀？」莉莎揉著頭喊道。

老師替她檢查了一下。

「妳這裡會有一大塊瘀青，」他說，「最好到保健室去。」

莉莎惡狠狠地瞪了我一眼，一跛一拐地走了。

老師對我投以奇怪的眼光。

「你是怎麼啦？孩子，」他問道：「你不知道自己力氣有多大嗎？還是你想要把同學一個一個撂倒？」

「我……我不是故意的，」我結結巴巴地說，「我發誓。」

「去沖澡吧，孩子們。」老師說道。

我垂著頭，拖著腳步走到更衣室。

今天不可能更糟了，絕無可能……

爲什麼要碰運氣呢？

現在是午餐時間，我還有半天的課要上。

可是我才不要待在這兒呢。

我不知道該上哪兒去，或是該做什麼，只知道我不能再待在這間學校了。

高中太可怕了。

如果我能恢復正常的人生，我會記住要跳過這一段。

我離開體育館，用最快的速度奔出校舍，跑下走廊，衝出大門。

我回頭望去。

那個大塊頭有在追我嗎？校長看見我溜出來了嗎？

這句英文怎麼說

我不是故意的。
I didn't do it on purpose.

沒有半個人影，四下無人。

接著——

噢！

哦，不——別又來了！

7.

我撞在某人身上，往後彈去，砰地一聲摔在地上。

噢！發生了什麼事？

一個女孩四肢攤開，跌坐在人行道上，書本散落在四周。

我扶她起來，問道：「妳還好吧？」

她點點頭。

「眞的很抱歉……我今天一整天都這個樣子。」

「沒關係，」那女孩微笑道：「我沒事。」

她並不是高中生，看起來跟我差不多年紀。我是說，我自己認爲的年紀——

也就是十二歲。

這句英文怎麼說

我今天一整天都這個樣子。
I've been doing that all day.

她長得滿漂亮的，有著濃密的金色長髮，紮成一根馬尾辮，藍眼睛對著我閃閃發光。

她彎下腰來撿起她的東西。

「我來幫妳。」我提議道，俯下身子撿起一本書。

叩！我的頭撞在她頭上。

「我又來了！」我喊道。

眞是煩死人了。

「別擔心。」

女孩說，並撿起其餘的書。

「我叫蕾西。」她對我說。

「我叫麥特。」

「怎麼回事？麥特，」她問道：「你爲什麼這麼匆忙？」

我能告訴她嗎？告訴她我整個人生都天翻地覆了？

大門突然被推開，麥克納太太走了出來。

「我得趕緊離開這兒，」我回道，「我得趕緊回家，再見了。」

我在麥克納太太發現我之前跑下街道。

之後，我攤倒在沙發上。這眞是糟糕的一天，但至少我在那個大塊頭揍我之前回到家了。

但是，明天我該怎麼辦呢？

直到潘和葛瑞格放學回家，我都在看電視。

潘和葛瑞格——我壓根兒忘記他們兩個了。

他們現在是小孩子，看來似乎指望我去照料他們。

「幫我們弄點心！幫我們弄點心！」潘像念經似地直嚷嚷。

「你們自己去弄！」我沒好氣地回她。

「我要告訴媽咪。」潘喊道：「你應該要替我們弄點心的，我好餓喔！」

我想起潘和葛瑞格總是用來推搪替我做事的藉口。

「我有功課要做。」我說。

這句英文怎麼說

明天我該怎麼辦呢？
What was I going to do tomorrow?

噢，是的，我想到了。
我也許「眞的」有功課要做——高中的功課。
那對我來說會像天書一樣。但是如果我不做，明天就會有麻煩了。
更要緊的是，我要記得提防那個大塊頭。
我到底對他做過什麼事呀？

到了就寢時間，我走向自己的老房間，但是潘睡在那兒。
於是我走回客房，爬上了床。
我該怎麼辦呢？
當我闔上眼睛時，心裡憂慮著。
我不知道究竟發生了什麼事，而且做什麼都不對勁。
我的生活會一直這樣下去嗎——永遠都這樣？

8.

我睜開眼睛時，陽光從窗口灑落進來，已經是早晨了。

噢，太好了，又是一個美妙的高中上課日。

我又閉上眼睛。

我無法面對這一切，如果我待在床上，所有的問題都會自動消失。

「麥特！該起床囉！」媽媽喊道。

我嘆了口氣。媽媽絕對不會讓我蹺課待在家裡的，沒法逃了。

「麥特！」媽媽再度大喊。

她的聲音聽起來怪怪的，比平時高些。

也許她總算有一回不那麼累了。

這句英文怎麼說

陽光從窗口灑落進來。
Sunlight poured in through the window.

我勉強從床上起身，兩腳踏在地板上。

等等，我的腳……

我瞪著它們，它們看起來不太一樣——我是說，它們看起來又跟原來一樣了。

它們不再那麼大了，我的腳回復原狀了！

我看看自己的手，把指頭扭動幾下。

是我沒錯！我又是原來的我了！

我跑進浴室去照鏡子，得再確定一下。

我打開電燈。

站在那兒的，是一個十二歲的矮小男孩。

我興奮地跳上跳下。

「太棒了！我變回十二歲了！我變回十二歲了！」

所有的問題都解決了，我不必去高中上課，也不必去面對那個大塊頭惡霸了！

噩夢結束了！

現在一切都沒事了。

我甚至期待看見潘、葛瑞格和畢吉回復他們乖戾的老樣子。

「麥特！你要遲到了！」媽媽喊道。

她是感冒還是怎麼了？

我一邊快速地穿好衣服跑下樓，一邊納悶著。她的聲音真的聽起來跟平常不太一樣。

我幾乎是蹦跳著跑進廚房的。

「我今天想吃穀片，媽媽——」

我突然停了下來。

只見兩個人坐在廚房餐桌旁——一男一女。

而我從來沒見過他們。

這句英文怎麼說

噩夢結束了。
The nightmare was over.

9.

「我給你烤了些吐司，麥特。」那女人說道。

「我媽媽呢？」我問道，「潘和葛瑞格在哪裡？」

那對男女茫然地瞪著我。

「今天精神不太好是嗎？兒子。」那男人說。

兒子？

那女人站了起來，在廚房裡忙東忙西。

「喝你的果汁，寶貝。你爸爸今天會順路載你到學校。」

我爸爸？

「我沒有爸爸！」我篤定地說，「我爸爸在我還是嬰兒的時候就過世了。」

那男人搖搖頭，咬了一口吐司。

「人家說小孩到這個年紀會變得很怪，但我沒想到會是『這麼怪』。」

「他們到哪兒去了？」我追問：「你們把我家人怎麼了？」

「我今天沒心情開玩笑，麥特，」那人說道：「我們現在該動身了。」

一隻貓悄悄地走進廚房，在我腿上磨蹭著。

「這隻貓在這兒幹什麼？」我問，「畢吉呢？」

「誰是畢吉？你在說些什麼呀？」那女人說。

我不由得害怕起來，心臟怦怦直跳，兩腿發軟。

我跌坐在椅子上，大口喝著果汁。

「你們是說——你們是我的父母？」

那女人親親我的頭。

「我是你媽，這是你爸爸，那是你的貓。就是這樣。」

「我沒有兄弟姊妹？」

那女人揚起一邊眉毛，瞥瞥那男人。

這句英文怎麼說

你就是不善於分享。
You are just not good at sharing.

「兄弟姊妹？沒有，親愛的。」

我縮了縮身子。我眞正的媽媽絕對不會喊我「親愛的」。

「我知道你想要一個兄弟，」那女人繼續說道：「但是你眞的不會喜歡的，你就是不善於分享。」

我再也無法忍受了。

「好了，別再說了，」我要求她：「別再耍我了，我立刻就要知道——這爲什麼會發生在我身上？」

我的「父母」對望了一眼，又轉向我。

「我要知道你們是誰！」我渾身顫抖，喊道：「我眞正的家人到底在哪裡？我要答案——現在！」

那男人站起身來，抓住我的手臂。

「上車去，兒子。」他命令我。

「不！」我尖叫起來。

「玩笑結束了，現在快上車去。」

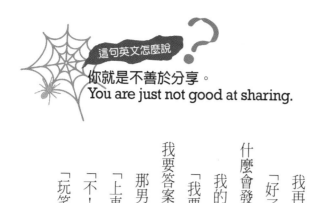

我別無選擇，跟著他走向一輛車子——是一台閃亮的新車，不是我眞媽媽的那台老舊廢鐵。

我爬進車裡，那個女人跑出門外。

「別忘了你的課本！」她喊道，把一個背包從開著的窗口塞進來給我，並親我一下。

「呃……別這樣！」我又縮了一下，覺得自己跟她沒有熟到可以讓她親我。

那男人發動車子，駛出了車道。

「祝你今天上學愉快！」女人揮著手說。

我終於體認到他們是認眞的——他們眞的認爲自己是我的父母。

我打了個冷顫。

我身上究竟發生了什麼事？

這句英文怎麼說

我要載你去學校。

I am taking you to school.

10.

原本我是個普通的十二歲小孩，第二天卻突然變成十六歲。

隔天我又變回十二歲——不過卻生活在一個完全不同的家庭裡！

當「爸爸」開車時，我往窗外凝望出去。我們駛過一片我從未見過的社區。

「我們要上哪兒去？」我用細微的聲音問道。

「我要載你去學校呀！你以爲呢——去看馬戲表演嗎？」那人回答。

「這不是到學校的路。」我說。

那人只是哼了一聲，搖了搖頭。他不相信我的話。

他在一所國中前面停了下來，但那不是我的學校。我以前從來沒見過這個地方。

「好啦，兒子，祝你今天過得愉快。」那人彎過身來，替我開了車門。

我能怎麼辦呢？只好下車。

「爸爸」開車走了。

現在怎麼辦呢？

我又回到十二歲了，可是卻要上一間完全不同的學校。

我是在作夢嗎？

我踢踢自己的小腿來測試一下。

啊唷！好痛！

我想——這表示我是清醒的。

孩子們湧進學校，我跟著他們進去。我不知道自己還能做什麼。

在我前方，我看見一個留著濃密金髮、紮著長長馬尾辮的女孩。她回過頭來，向我微笑。

她看起來很面熟。我在哪兒見過她嗎？

「嗨！」我向她招呼。

這句英文怎麼說

她看起來很面熟。
She looked familiar.

「嗨！」她回應道，藍眼睛對著我閃閃發光。

「我是麥特。」我仍在絞盡腦汁，努力想著我是在哪兒見過她的。

「我叫蕾西。」

蕾西！對了，我昨天曾經撞在她身上——在「恐怖高中」外頭。

我開口要說：「我昨天遇見過妳——記得嗎？」但卻又停住了。

她會認得我嗎？我不知道。

但她怎麼可能認得我呢？我看起來跟前一天完全不同，她怎麼猜得到這個站在她身旁的十二歲孩子，和昨天那個笨拙的高中生是同一個人？

「你第一堂是什麼課？」她問我，「我是午餐時間。」

「午餐？但現在是早上八點半耶！」

「你是新來的吧，是不是？」她說。

我點點頭。

「這個愚蠢的學校人太多了，他們沒辦法在午餐時間把所有人都塞進餐廳裡，」她解釋道，「所以我得現在吃午餐。」

「我這時段也是午餐時間。」我騙她。也許這並不是個謊言——我怎會知道呢？我已經完全搞不清楚狀況了，上學似乎變得很讓人頭痛，遠遠超過它的價值。

我跟著她來到自助餐廳，他們真的已經在供應午餐了。球芽甘藍的強烈氣味瀰漫在空氣中，我乾嘔一聲。

「現在吃球芽甘藍未免太早了些。」我說道。

「我們到外頭操場去吃吧！」蕾西提議，「今天天氣不錯。」

於是我們溜出自助餐廳，在一棵樹下坐了下來。蕾西啜飲著一盒巧克力奶，我翻著背包，想找些吃的東西——我猜我的「新媽媽」一定有幫我準備些什麼。

她果然有準備。白麵包夾醺腸配番茄醬，一個裝滿胡蘿蔔條的小塑膠袋，甜點是香草布丁——全都是我最討厭的東西。

蕾西遞給我一個巧克力杯子蛋糕。

「要這個嗎？這麼一大早我沒法吃這種東西。」

「謝謝。」我接過蛋糕。

這句英文怎麼說

你昨天有經過一所高中嗎？
Were you walking past the high school yesterday?

蕾西似乎是個很好的人。自從我的生活變成一場噩夢之後，她是我遇到最好的人。事實上，她是我從那時起，遇見過的「唯一」好人。

也許她會了解。我真的很想跟某個人談談，我覺得好孤單。

「妳覺得我面熟嗎？」我問她。

她端詳著我的臉孔。

「你看起來是有點面熟，」她說，「我確定有在學校見過你……」

「我不是這個意思。」

我決定要把發生在我身上的事告訴她。我知道這聽起來會很奇怪，但是我一定得告訴什麼人。

於是我慢慢說道：「妳昨天有經過一所高中嗎？」

「有啊，我每天放學回家都會經過。」

「妳昨天有被一個人撞到嗎？一個高中生？在那所高中前面？」

她正要開口回答，但是某樣東西吸引了她的目光。我順著她的視線，往校門口看去。

兩個傢伙正朝我們走來，他們穿著黑色牛仔褲和黑T恤，一副凶神惡煞的樣子，其中一個頭上還紮著一條藍色花手帕，另一個的上衣袖子撕開一條縫，賣弄他壯碩肌肉的手臂。

他們至少有十六或十七歲，到這兒來做什麼呢？

兩人直直朝我們走來。

我的心臟怦怦跳個不停，直覺告訴我要提防他們。也許是因爲他們臉上那種凶惡的表情。

「這些傢伙是什麼人？」我問道。

蕾西沒有回答，因爲她來不及。

其中一個黑衣傢伙指向我。

「他在這兒！」他喊道。「抓住他！」

11.

這句英文怎麼說

這些傢伙是什麼人？

Who are those guys?

那兩個傢伙朝我直撲過來。

我不知道他們是什麼人，但我並沒有停下來思考，直接跳了起來，用最快的速度逃命。

我往後一瞥。

他們有追來嗎？

「攔住他！」其中一個喊道。

蕾西踏上幾步，擋在他們前面，阻斷了他們的去路。

「謝謝妳，蕾西。」我低聲說道。

我快步奔出校園，跑過陌生的社區，想要記起回家的路。

跑出幾條街後，我停下來喘口氣。

沒有那兩個傢伙的蹤影，也沒有蕾西的影子。

希望她沒事，他們似乎並不想傷害她。

但是他們想傷害「我」，爲什麼呢？

前一天，有個惡霸說要在放學後修理我。但是今天，在我詭異的新世界裡，我沒有看見他。那兩個穿黑衣的傢伙都不是那個惡霸。

只是兩個「新的」惡霸。

我知道我得找人求助。

我不知道發生了什麼事，但是我再也承受不住了。這太教人害怕了，我幾乎連自己是誰都不知道。

我在街上晃蕩，直到終於找到回家的路。「媽媽」和「爸爸」都不在家，前門是鎖著的，於是我從廚房的窗戶爬了進去。

我眞正的媽媽不見了！我的哥哥、姊姊，甚至我的狗也都不見了。

但是一定還有我認識的人，在某個地方，有某個人可以幫助我。

這句英文怎麼說

我幾乎連自己是誰都不知道。
I hardly know who I am.

也許我的眞媽媽到其他地方去了，也許她去拜訪親戚或什麼的。

我決定試試瑪格麗特嬸嬸和安迪叔叔那邊，於是撥了瑪格麗特嬸嬸的電話號碼。

一個男人接起電話。

「安迪叔叔！」我喊道，「是我，麥特！」

「是哪位？」那聲音說道。

「麥特！」我重複道：「你的姪子！」

「我不認識叫做麥特的人，」那人沒好氣地說：「你一定是撥錯號碼了。」

「不——安迪叔叔，等等！」我喊道。

「我不叫安迪！」那人咆哮道，接著掛斷了電話。

我目瞪口呆地看著電話——對方說話一點也不像安迪叔叔。

我想我的確是撥錯號碼了，因此又試了一遍。

「哈囉？」又是同一個人接起電話。

這次我換了個新方法。

「請問安迪·阿姆斯特丹在嗎？」

「又是你！這裡沒有叫做安迪的人，孩子，」那人說道，「號碼錯了。」

他對著我的耳朵摔上電話。

我要自己不要恐慌，但是雙手卻顫抖個不停。

接下來我撥了查號台。

「請問查哪裡？」服務人員問道。

「安德魯·阿姆斯特丹。」我說。

「請等一等。」服務人員說。

一分鐘後，她回道：「很抱歉，我們查不到這個名字。」

「也許我沒說清楚，」我堅持道：「阿里山的阿——湯姆的姆——」

「我已經查過了，先生。沒有任何用戶是用這個名字登記的。」

「那妳可以試試瑪格麗特·阿姆斯特丹嗎？」

「沒有任何用戶是姓阿姆斯特丹的，先生。」

當我掛上電話的時候，心臟不禁狂跳起來。

這句英文怎麼說

我不知道她姓什麼。
I didn't know her last name.

這不可能，一定會有我認識的人，就在某個地方！

我不會放棄的，我要試試克里斯表哥。

我撥了克里斯的號碼，結果是個陌生人來接電話。彷彿克里斯並不存在似的，還有安迪叔叔、我媽媽，任何我認識的人……

怎麼可能，我的整個家族全都消失了？

我唯一認識的人只有蕾西，但我沒辦法打電話給她。

我不知道她姓什麼。

這時前門開了，那個自稱是我媽媽的女人匆匆忙忙地走進來，手裡提著購物袋。

「麥特，親愛的！你怎麼這個時候待在家裡呢？」

「不關妳的事！」我沒好氣地說。

「麥特！別這麼粗魯！」她斥責我。

我想我是不該對她這麼粗魯。

但粗不粗魯又怎樣呢？反正她又不是我眞正的媽媽。

我真正的媽媽從地球表面消失了。

我打了個冷顫，意識到自己在這世上是孤伶伶一個人了。

我不認識任何人——甚至我的父母！

這句英文怎麼說

我整晚都坐在電視機前面。
I'd been sitting in front of the TV all evening.

12.

「該上床了，寶貝。」我的假媽媽尖聲尖氣地說。

我整晚都坐在電視機前面，只是盯著電視，甚至沒有眞的在看。

也許，我不應該再把這些人想成我的假父母。他們現在是夠眞實的，我也許永遠都得跟他們拴在一起了。

明天早晨就會知道了……

我一邊踏著沉重的腳步上樓，一邊想著。

原來的房間現在是縫紉室，所以我回到客房去睡覺。

「晚安，親愛的。」媽媽親我一下，跟我道晚安。

她幹嘛老要親我呀？

她關上燈，說道：「明天早上見。」

早晨……我害怕早晨。

到目前爲止，每個早晨都比前一天的更詭異。

我變得害怕入睡，擔心醒來後又會要面對什麼？

如果我的假父母不見了，那就太棒了。但是又會有誰來取代他們呢？

也許我一覺醒來，整個世界都不見了！

我努力保持清醒。

拜託、拜託，讓所有事情都恢復正常吧。即使是葛瑞格和潘回來了，我都會很高興的，只要一切能恢復正常……

我一定是睡著了。接下來我知道的是，我張開眼睛——已經是早晨了。

足足有一分鐘，我一動也不動地躺著。

有任何事情改變了嗎？

我聽見屋子裡有聲音，屋裡一定有其他的人。

這句英文怎麼說

請讓所有事情都恢復正常吧。
Please let everything be normal again.

而且是「很多很多」的人……

我的心臟怦怦亂跳。噢，不，這回我又陷入什麼情境了？

我聽見有人在拉手風琴，這清楚地告訴我，我原來的家人並沒有回來。

不過首先要確定的是，我今天是多大歲數？

我把雙手舉到面前，它們看起來小了一點。

我跳下床，走到浴室，盡量不要恐慌。這個例行公事真是讓我厭煩透了。

鏡子似乎比平常高了些，我注視著自己的臉。

我不再是十二歲了，這是一定的，看起來差不多八歲大。

八歲……我一邊想著，一邊嘆了口氣。

那是小學三年級。嗯，至少小三的數學難不倒我。

突然間，我感到背後一陣刺痛。

噢！是爪子！尖細的爪子插進我的背脊！

那爪子越扎越深，我尖叫起來。

13.

有東西跳到了我的身上！

一個小小、毛茸茸的臉孔出現在鏡中，某種動物站在我的肩膀上。

「快下來、快下來！」我尖叫道。

「吱！吱！」那動物尖聲嘶叫。

我跑進走廊，幾乎撞在一個大漢身上。

「把這東西弄下來！」我喊道。

那人把動物從我肩上扯下來。他笑了起來，聲音又響又沉，像個邪惡的聖誕老公公。

「你是怎麼啦？麥特。」他聲音低沉地說道，「突然間怕起潘西來了？」

這句英文怎麼說

把這東西弄下來！
Get this thing off me!

潘西？

這個大漢把動物抱在懷裡，是隻猴子。

他揉亂我的頭髮。

「快穿好衣服，孩子。我們早上要排練。」

排練？他指的是什麼？

我瞪眼看著這個人。他身材高大，有個圓滾滾的肚子，蓄著發亮的黑髮，還留著長長的鬍鬚。最奇怪的是他的衣著——滾著金邊的大紅衣服，還繫著一條金色的腰帶。

噢，不！

我的心沉了下去。

這不會是……我爸爸吧？

這時樓下一個婦人尖聲喊道：「開飯啦！」

這個人遞給我一堆衣服。

「穿上你的服裝，」他說道：「然後下來吃早餐——兒子。」

我就知道他「是」我爸爸——至少在今天。我的「家人」一天比一天更糟。

「開——飯啦！」樓下那婦人又吼道。

那應該是媽媽……我悲慘地想著，她的聲音聽起來眞是溫柔可人呀。

其他臥室裡湧出許多孩子，看來似乎有好幾打之多，全都是不同的年紀。但我數了數，只有六個。

我努力要把所有的「新狀況」搞清楚——我八歲大，有六個兄弟姊妹和一隻寵物猴子。我還沒見到我媽媽，但我爸爸是個徹頭徹尾的怪胎，而且我必須穿上某種古怪的服裝。

我一邊想著，一邊拿起那人給我的衣服。

那是一套藍色的緊身服裝，像是體操用的連身衣褲，下半身是藍底白條紋，上面的則有白色的星星。

這到底是什麼玩意？我要排練些什麼呀？

我是參與了一齣戲還是什麼？

我穿上那件衣服，它很合身，就像是第二層皮膚。我覺得自己像個徹頭徹尾

這句英文怎麼說

廚房就像瘋人院一樣。
The kitchen was a madhouse.

的蠢蛋。

接著我下樓去吃早餐。

廚房就像瘋人院一樣，其他的孩子又笑又叫，還扔著食物。潘西在餐桌上跳來跳去，小塊小塊地偷吃著燻肉。

一個高瘦的婦人把煎餅堆在盤子上，她穿著一件鑲著圓形亮片的紫色長袍，頭上還戴著一頂銀色的頭冠。

這就是我的新媽媽。

「快點過來吃飯，麥特——再不來就吃光了！」她喊道。

我抓起一個盤子，吃起飯來，但必須不斷地把潘西趕開。

「麥特穿著他這套小小的超級英雄裝，是不是很可愛？」一個女孩取笑我。她一定是我的姊姊之一。

「可不是嗎？」一個男孩譏諷地說。他看來大約比我大兩歲，抓住我的臉頰，用力地捏了一下——簡直太用力了。

「可愛的小麥特，」他輕蔑地譏笑著，「馬戲團的台柱、大明星。」

馬戲團！

我手中的叉子掉落下來，一陣寒氣滑下我的脊背。

我是馬戲團的一員？

這愚蠢的服裝，還有那隻猴子……原來如此。

我垂下頭來，用手捂著臉。

馬修．阿姆斯特丹，一個馬戲演員——我幾乎想要哭了。

我覺得我那哥哥似乎很嫉妒，他好像想當這愚蠢馬戲團的台柱。

他儘管去當呀，我一點也不在乎。我是絕對不想當任何馬戲團的台柱的。

「別惹麥特，否則他又會怯場了。」媽媽斥責道。

我仔細看著其他的家人，每個人都穿著鮮豔的服裝，而我是馬戲家庭的一份子。

煎餅陷進我的胃裡。我從來都不喜歡馬戲，在我很小的時候，就十分痛恨它。

但是現在馬戲卻成了我的生活——而且我還是台柱。喔，這下可好了。

「排練時間到了！」爸爸喊道。他戴上一頂黑色的大禮帽，在樓梯上揮響皮

這句英文怎麼說

快停止。
Cut it out.

鞭。

「我們動身吧！」

大夥把餐盤留在桌上，擠進一輛老舊、破爛的廂型車後，媽媽用大約九十英里的時速飆駛著。

我的兄弟姊妹一路上都打鬧不休，其中一個小女孩一直捏我，另一個則用拳頭搥我。

「快停止！」我大吼。

爲什麼我不能在一個有「好的」兄弟姊妹的世界中醒來？

廂型車駛入一個市集廣場中，在一個很大的馬戲帳篷前停了下來。

「大家下車！」爸爸命令道。

我和兄弟姊妹們推來擠去地下了廂型車，跟著他們進入帳篷。

帳篷裡頭的景象頗爲驚人，其他的表演已經在那兒演練了。我看見一個人在接近篷頂的高空走鋼索，還有一頭大象用後腿站立，正在跳著舞，幾個小丑開著愚蠢的小車兜圈子，不停按著喇叭。

我的表演項目會是什麼呢？

我納悶著。兩個姊妹快步攀上一道梯子，練習高空鞦韆。

我看著她們，嚇得要命。

高空鞦韆！我打死都不會爬上那兒的，絕不可能！

拜託，千萬別讓我表演高空鞦韆。

我暗自祈禱著。

「來吧，麥特，」爸爸說道：「我們開始工作吧！」

不要是高空鞦韆，千萬不要是高空鞦韆……

爸爸領著我離開高空鞦韆的階梯，我鬆了一口氣。

無論我得做什麼，都不可能比在高空鞦韆上盪來盪去更糟了，是不是？

但——我錯了。

爸爸領著我走到帳篷後方，我跟著他穿過一個由獸籠構成的迷宮。

爸爸大踏步走到一個籠子前面，打開了籠門。

「好啦，兒子，」他大聲喝道：「進去吧。」

我的下巴掉了下來，簡直不敢相信自己的耳朵。

「進、進……去？」我結結巴巴地說，「但、但是……籠子裡有一頭獅子耶！」

那獅子張開大口，吼了一聲。我渾身顫抖，後退幾步。

「你進不進去？」爸爸用皮鞭那頭捅捅我。「還是要我推你進去？」

我沒有移動，實在沒辦法。

於是爸爸把我推進了獅籠——關上籠門。

這句英文怎麼說

我們開始工作吧。
Let's get to work.

14.

我往後退縮，靠在籠壁上。冰冷的鋼條壓進我的脊背，我的雙腿抖得好厲害，我想我會癱倒在地，摔個狗吃屎。

獅子盯著我瞧，牠嗅了嗅空氣。

我曾聽說動物能夠嗅到恐懼，這頭獅子可嗅到了一大口。

我的「爸爸」——那位馴獸師——站在籠子裡，在我身邊。

「我們今天要嘗試一種新的把戲，麥特，」他說道：「你要去騎獅子。」

他不如在我肚子上打一拳好了。

要我去騎那頭獅子？

是的，沒錯。

這句英文怎麼說

我們今天要嘗試一種新的把戲。
We are trying a new trick today.

這傢伙是哪門子父親呀？拿自己的兒子去餵獅子。

獅子站了起來。我的視線定在牠身上，嚇得渾身直打哆嗦。

吼吼吼吼吼……

獅子的氣息像陣熱風般地噴在我臉上，我的頭髮全都豎立起來。

牠朝我們走上幾步，爸爸揮響鞭子。

「哈！」他喊道。

獅子退了回去，並舔著牠的口顎。

「快去，孩子，」爸爸對我說道：「爬到赫克力斯背上，再往前滑到牠的肩胛上。我會揮響鞭子，叫牠繞著籠子兜圈子。」

我一個字也說不出來，只是不敢置信地瞪著眼前這個人。

「幹嘛這樣看著我？你不會是害怕赫克力斯吧？」

「害……害怕？」我結結巴巴地說。

「害怕」不是正確的說法，也許該用「嚇呆了」、「嚇死了」、「嚇傻了」、「嚇得無法動彈了」才對。

但是「害怕」？不——

他又揮響鞭子。

「我的兒子裡頭沒有膽小鬼！」他吼道：「爬到獅子背上——快點！」

接著他伏下身子，低聲說道：「只要小心別讓牠咬到你。記得你可憐的哥哥湯姆嗎？他還在試著學習用左手寫字呢。」

他再次揮響鞭子——就在我的腳邊。

我才不要去騎那獅子。絕不！

而且我再也無法在這籠子裡待上一秒鐘了。

爸爸又朝我揮舞鞭子，我跳了起來。

「不——」我尖叫道。

我拉開籠門，飛也似地跑了出去，快得連爸爸都還搞不清楚發生了什麼事。

我奔出帳篷，腦中不停地尖叫：「躲起來！快找個地方躲起來！」

只見停車場上停著幾輛拖車，我衝到其中一輛後面，迎面撞見了蕾西。

「又是妳！」我喘著氣說。她老是這樣突然冒出來，真是有點奇怪。

這句英文怎麼說

我的兒子裡頭沒有膽小鬼。
No son of mine is a coward!

「我得躲起來，」我對她說：「我遇上了麻煩！」

「怎麼回事？麥特。」她問道。

「我快要變成獅子的食物了！」我喊道：「救救我！」

蕾西使勁拉扯拖車的門，它是鎖著的。

「噢，不！」我呻吟道，「妳看！」

我指著拖車外邊，兩個傢伙正朝著我們跑來。

我見過他們——那兩個穿黑衣的傢伙。他們是來追我的！

我拔腿就跑，但卻無處可逃、無處可躲——除了回到帳篷裡頭。

衝過帳篷的門帘後，我一邊努力喘著氣，一邊讓眼睛適應黑暗。

「在裡頭，他跑進帳篷裡了！」一個黑衣人喊道。

我跌跌撞撞地在黑暗中奔跑，想找個地方躲起來。

「抓住他！」

那兩個傢伙已經進入帳篷了。

我盲目地奔跑著——直直跑回獅子籠裡。

15.

我砰地一聲甩上籠門。那兩個穿黑衣的傢伙緊握鋼條，用力搖晃。

「你跑不掉的！」其中一個喊道。

我的「爸爸」——也就是那個馴獸師已經走了，我獨自一人在籠子裡——跟赫克力斯在一起。

「輕鬆點，老弟，放輕鬆……」我一邊沿著籠緣慢慢挪動，一邊低聲說道。

獅子站在中央，盯著我瞧。

那兩個傢伙又搖晃籠門，門盪開了，他們踏了進來，怒目瞪視著我。

「你不可能這麼輕易逃脫的。」其中一個警告我。

這時，獅子朝著他們吼叫。

這句英文怎麼說

你們最好趕緊出去。
You'd better get out of here.

「這只是頭馬戲團的老獅子，」其中一個傢伙說，「牠不會傷害我們的。」

但是，我看得出來，他們的表情不像嘴上說的那樣篤定。

赫克力斯再次咆哮，這回更大聲了。那兩個傢伙停下了腳步。

我沿著籠壁又往裡頭挪動了些。我必須讓獅子阻隔在我和那些黑衣傢伙中間，這是我唯一的機會。

其中一個傢伙小心翼翼地上前幾步，獅子朝他吼叫，他又退了回去。

獅子的目光來來回回地看向我和那兩個傢伙。我知道，牠正在考慮哪一個會是比較可口的午餐。

「你們最好趕緊出去，」我警告道，「赫克力斯還沒吃過東西。」

那些傢伙一臉戒懼地看著赫克力斯。

「牠不會攻擊我的，」我虛張聲勢，「我是牠的主人，但是如果我吩咐牠，牠就會立刻撲向你們的喉嚨！」

那兩個傢伙互望一眼，其中一個說道：「他在說謊。」

另一個人看起來卻沒那麼確定。

「我不是在說謊，」我堅定地說：「立刻滾出這裡，否則我就叫牠攻擊你們！」

其中一個傢伙往籠門跑去，另一個則抓住他的手臂，把他拉了回來。

「別那麼沒種！」他罵道。

「攻擊他們，赫克力斯！」我喊道：「去咬他們！」

赫克力斯發出前所未有的兇猛吼聲，接著猛撲過去。

那兩個黑衣傢伙慌忙竄出獅籠。當赫克力斯想要跳出去時，他們及時關上了籠門。

「你逃不掉的！」其中一個傢伙隔著鋼條喊道：「我們會再回來的！」

「你們爲什麼要抓我？」我在他們背後大喊著，「我做了什麼？我到底做了什麼？」

16.

赫克力斯其實並不想吃任何人，牠只是想逃出籠子。

當我溜出獅籠時，牠並沒有阻止我。

我悄悄溜出去，躲在廂型車中，直到馬戲團排練結束。

「你一整天都到哪兒去了？」

當爸爸發現我時，氣沖沖地說。其他人全都擠上了車，我們便開車回家。

「我不舒服，」我抱怨道：「我必須躺下。」

「你明天還是得學會那個把戲，麥特，」爸爸堅決地說：「我不會再讓你蒙混過去！」

我只是打了個呵欠。我猜明天永遠不會來，至少對這個馬戲家庭而言。

這句英文怎麼說

別那麼沒種。
Don't be chicken.

明天會帶來某種新的恐怖狀況，或者，也許總有一次會有些好事發生。

晚上我早早上了床。我不喜歡在一個馬戲家庭中當個八歲的小孩，等不及要讓它結束了。

我的馬戲團兄弟在我的老房間裡爬上爬下，在那兒我絕對沒法睡得著。於是我悄悄溜走，又到客房去睡覺。

但是我不太睡得著，無法停止猜想第二天會帶來些什麼。

當你不知道明天一早會在什麼樣的世界醒來時，你眞的很難放鬆。

我試著數羊，但這對我向來都不管用。於是，我想像著當我醒來時，可能會發生的種種好事。

我可能一覺醒來，變成一個大聯盟棒球選手，也可能會是棒球史上最偉大的投手。

或者，我是個非常、非常有錢的小孩，想要什麼就有什麼。

也或許，我可能會是未來五百年後的太空探險家。

爲什麼這樣的事都不曾發生在我身上？

這句英文怎麼說

至少我已經習慣他們了。
At least I was used to them.

最重要的是，我希望一覺醒來又見到我的家人——我「真正的」家人。雖然他們令我抓狂，但至少我已經習慣他們了。我甚至有點想念他們……

好啦，是「很」想念啦！

終於，在快要天亮的時候，我睡著了。

當我醒來時，時候還很早。我環顧室內，每樣東西看起來似乎都有點模糊。

我現在是什麼人？我納悶著。

這房間看起來很正常，我沒有聽見任何噪音，所以我知道馬戲團家庭已經消失了。

不如趕緊把事情搞清楚，於是我跳下床來，覺得兩腿有點兒不穩。

我慢慢地走進浴室，往鏡中看去。

不，噢——不！

這真是最最糟糕的一次……糟透了，慘斃了！

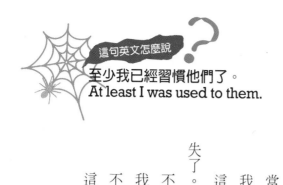

17.

我變成一個老頭了！

「不！」我尖叫道。

我再也無法忍受了，於是用這雙搖晃的老腿所能負荷的最快速度跑回床上。

我鑽進被窩，閉上眼睛。我要立刻昏睡過去，不要當一整天的老頭子，不要在我其實只有十二歲的時候。

我很快就睡著了。

當我醒來時，我隨即知道自己已經改變，不再是個老頭子了。

我感覺到一股能量流竄全身，一股力量——我覺得自己很強壯。

也許我終究成爲一位棒球選手了，我滿懷希望地想著。

這句英文怎麼說

我隨即知道自己已經改變。
I know right away I had changed.

我揉揉眼睛——就是這個時候，我瞥見了自己的手。

它——它是綠色的！

我的皮膚是綠色的，而且手上沒有指頭，而是爪子！

我用力嚥著口水，想要甩開我的驚慌。

這回又是什麼事情發生在我身上？

我一秒鐘也不浪費，立刻就要知道。

我笨重地走向浴室的鏡子。

當我看見自己的臉時，不由得發出一聲恐懼而厭惡的吼叫。

我變成一頭怪物了——一頭醜陋、噁心的怪物！

18.

我想要尖叫、想要大聲叫喊——「這不可能發生在我身上！」

但是，我喉嚨裡發出來的只是恐怖的咆哮。

不！

我萬分驚恐地想著，也想把可怕的皮膚撕掉。我是個醜陋的怪物——甚至無法說話！

我很高大——幾乎有七呎高——而且孔武有力。我的皮膚呈綠色鱗片狀，上頭有黑色的條紋，就像隻蜥蜴，全身都滲出黏液。

我的頭看起來像隻恐龍，上頭到處生了瘤，頭頂還有三支尖角，從四隻尖尖的耳朵之間冒出來。

這句英文怎麼說

我是隻奇醜無比的怪物。
I was one ugly dude.

此外，手腳上都有尖銳的爪子。當我走動時，腳趾在浴室地板上喀喀作響。

我是隻奇醜無比的怪物。

眞希望我仍舊是個老頭子。每回醒來，我的生活就變得更糟！這到底何時才會結束呢？我要怎樣才能讓它停止？

我想到蕾西。不管我走到哪兒，她似乎都會突然冒出來。

而且我記得，她曾想要幫我逃離那兩個穿黑衣的傢伙，她想要救我。

嗯，我一定得找到她，我知道她一定在某個地方。

她是我僅有的機會。

我撐著怪獸身體，搖搖晃晃地穿過屋子。

屋裡空無一人——至少我沒有一家子人要應付。一個充滿怪獸的家庭眞的會是個噩夢！

我必須對小事心懷感激，尤其是當我披著綠色的皮、頭上還冒出尖角時。

我笨重地走出大門，步上街道。

「蕾西！蕾西！妳在哪兒？」

我想這麼出聲大喊，但嘴巴發不出這些字眼，從喉嚨冒出來的只是可怕的隆隆吼聲。一輛沿街開過來的汽車突然煞車，駕駛人透過擋風玻璃，目瞪口呆地看著我。

「別害怕！」我喊道，但這卻不是我所發出的聲音，而是一聲嘶吼劃破了空氣。

那人尖叫一聲，沿著街道全速倒車，撞到了另一輛車。

我過去看看有沒有人受傷，另一輛車裡坐著一位婦人和她的小孩。

他們想必沒事。因爲他們一看見我，就全都跳下車逃走了，還一路沒命地尖叫著。

我踏著巨大的蜥蜴腳爪來到城鎮中心，不僅踩爛灌木叢，還踢翻垃圾箱。人們一看見我，就嚇得尖叫起來。

蕾西，我一定得找到蕾西。

我想讓這個念頭留在腦子裡，但是卻感到餓了起來，非常、非常飢餓。

通常我喜歡吃花生醬和果凍當點心，但這天我卻對金屬有種強烈的渴望——

這句英文怎麼說

全城都陷入了恐慌。
The town was in a panic.

一大塊很棒的、咬起來會鏘鏘作響的金屬。

全城都陷入了恐慌。人們到處逃竄，像是碰上世界末日般地尖叫著。

可是我不會傷害任何人呀！我只想要吃點點心。

我走到一輛看起來很美味的小轎車前面，駕駛人緊急煞車。

吼——我用強而有力的怪獸手臂搥打胸口。

駕駛人在車裡抖縮著。我伸出手來，折下一支擋風玻璃的雨刷，只是想嚐嚐味道。

嗯……橡膠味兒，眞不錯。

駕駛人推開車門。

「不！」他喊道：「別傷害我！別——別碰我！」接著跑到某個地方躲起來。

他眞是好心，把車子留給我。

我把車門扯了下來，拆下把手塞進嘴裡。

眞是好吃——冰涼、美味的鉻鐵。

接著我把車門咬掉一大口，嘎啦、嘎啦，我的牙齒又大又利，就像剃刀一

樣——咀嚼起金屬完全不費力氣。

嗯，好吃——皮革襯墊更添加了滋味。我吃光車門，又伸手到車裡扯下一張座椅。

我一邊大嚼，一邊吐出一塊塊黃色泡沫橡膠。皮革的味道很好，但是那些泡沫填料卻有點乾，就像是沒加奶油的爆米花。噗——好難吃。

正當我扯下方向盤時，聽到了警笛聲。

啊——喔。

我看見人群聚集在我身邊，人們紛紛指著我。

「牠在吃汽車耶！」有人尖聲喊道。

嗯，笨蛋，要不然你指望怪物吃些什麼——米嗎？

警笛聲越來越近，警車包圍著我停了下來。

「讓出通路，」擴音器中傳來聲音，「大家向後退，讓出通路。」

我最好趕緊閃人了。

於是我扔下正在啃食的駕駛盤，奔跑起來。

這句英文怎麼說

我得逃離這兒，必須躲起來才行。
I had to get out of there. I had to hide.

人們頓時驚聲尖叫，散了開來。

「站住！抓住那頭怪獸！」

警笛尖銳的聲音劃破長空。如果讓他們逮住我，我知道他們會把我鎖起來——或者更糟。

我得逃離這兒，必須躲起來才行。

我跌跌撞撞地穿過人群，往市區的邊緣跑去。

這時我看見了她——蕾西。

一群人正從我身旁逃開，只有她「朝著我」跑過來。

我號叫起來，想要喊蕾西。她抓住我黏滑的手臂，把我拖出了人群。

她拉著我跑進一條小巷，我們避開了人群。我想問她我們要往哪兒去，但是我知道自己說不出話來，也怕我的吼聲會嚇著她。

我們跑了又跑，直到抵達城鎮邊緣的樹林。蕾西拉著我進入樹林，越走越深。

她要把我藏起來。

我感激地想著，眞希望能向她道謝。

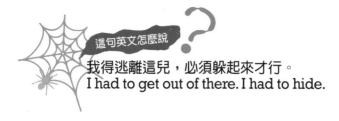

我跟隨蕾西走過一條狹窄的小徑，之後就沒路了。

我們穿越草叢繼續往前走，最後來到了一間小屋。這小屋幾乎完全隱藏在樹叢和藤蔓之間，即使你站在屋子正前方，都很難看見它。

一個藏身的所在，蕾西怎麼會找到這個地方？

不知道屋子裡是否有東西可以吃，我又覺得餓了。

現在要是有幾輛腳踏車，嚐起來應該很不錯。

蕾西打開大門，招手要我進屋。

我走了進去，有兩個人從陰影中踏了出來。

噢——不。

不要是他們，但偏偏「就是」他們。

那兩個穿黑衣的傢伙，其中一個開口了。

「謝謝妳把他帶來給我們，」他說，「妳做得很好。」

這句英文怎麼說

謝謝你把他帶來給我們。
Thank you for bringing him to us.

19.

吼吼吼吼吼——

我揮舞著手臂，憤怒極了！

蕾西出賣了我！

我必須離開這兒——盡快。

於是我衝向門口，但他們用一張網子罩住了我。

他們拉扯網子，我站不穩，跌倒在地。

砰的一聲，我重重地摔在地上，那兩個傢伙在我身上收緊了網子。

我大吼大叫，用盡全力掙扎仍無法脫身，他們把網子緊緊捆在我身上。

「放我出去！」我想要嘶吼，以爪子撕扯著網子，並用牙齒咬它，但它是用

某種奇特的材質製成的，我無法扯斷網線。

我又踢又嗥，掙扎了好久好久。但是無論我怎麼試，還是不得脫身。最後我累了，仰躺在地板上。

蕾西和那兩個黑衣傢伙往下瞪視著我，一臉冷靜。

我希望能講話，而且忍不住想要說話。

「妳怎能這樣對待我？」我想問蕾西，「我以爲妳是我的朋友！」

然而，除了嘶吼和咆哮之外，我發不出任何聲音。蕾西向下凝視著我，她無法聽懂我在說什麼。

那兩個黑衣傢伙只是雙臂抱胸，朝我冷笑。

「你們是誰？」我想要問他們：「你們想幹什麼？我身上到底發生了什麼事？」

沒人回答我。

其中個子高一些的傢伙說道：「好了，我們把他鎖在後頭吧！」

我又吼叫起來。他們三個拖著我滿是黏液的巨大身軀橫過地板，我不斷地掙扎，他們將我推進屋子後頭的一個小房間，把我鎖在裡面。

房裡很暗，只有一扇裝著鐵條的小窗。

我可以把那些鐵條吃掉，如果我能搆得著的話。

但是我癱在地板上，在這麼緊的網子裡我根本無法動彈。

我靜靜地躺了好一會兒，等待什麼事情發生。但是沒人回到這個房間，我也無法聽見他們在其他房間裡做些什麼。

透過窗口，我看見光線逐漸黯淡下來——夜幕降臨了。

此刻除了睡覺，我知道自己什麼也不能做。

只能趕緊入睡，期待醒來時我又恢復人身了。

20.

我渾身痠軟地醒來，覺得胃好痛。

天哪，我昨天到底吃了什麼？

我感覺就像是胃裡裝著一大團鐵塊。

忽然，我想起自己的胃裡「的確」有很多鐵塊。

噢，對了，我把一輛小轎車當作點心吃掉了。媽媽總是告誡我別吃太多點心，我得記住下回別再這樣了。

我坐了起來，檢視自己的身體。

呼——我又變回人類了。

這真是讓我大大地鬆了一口氣。

這句英文怎麼說

我昨天到底吃了什麼？
What did I eat yesterday?

網子在我身邊敞開著，有人在我睡著的時候把它割開了。

但我現在又是誰呢？

我的手臂和雙腿都很細瘦，雙腳軟綿綿的，以我腿的比例來說是太大了些。

然而它們也並非「那麼」大，至少不像怪物的腳那麼大。

我恢復男孩的樣子了，但不是原來那個十二歲的我。

我估計自己大約十四歲。

嗯，這總比當個怪物好吧。

簡直——好「太多」了。

但我發現自己仍然身處於樹林的小屋中，依舊是個囚犯。

那兩個黑衣人終於逮到我了。他們想要幹嘛？要怎樣對付我？

我站起身來，想要打開門，門卻是鎖著的。

我瞥見那扇窗戶，心想絕對無法破壞那些鐵條逃出去的。

我被困住了。

這時門上傳來鑰匙轉動的聲音。

他們來了！

我瑟縮在房間一角，只見門被推開，蕾西和那兩個傢伙走了進來。

「麥特？」蕾西說道。

她看見我縮在屋子角落，朝我踏上一步。

「你們想把我怎麼樣？」我問道。

我很高興聽見自己又能說「人話」了，而不是只能嘶吼。

「讓我走！」我喊道。

那兩個黑衣傢伙搖了搖頭。

「我們不能這麼做，」比較矮的那個說，「我們不能放你走。」

他們踏上前來，雙手握成拳頭。

「不！」我喊道：「別靠近我！」

那個高個子砰的一聲甩上門，兩人朝我逼近。

這句英文怎麼說

他們不斷向我逼近。
They walked steadily toward me.

21.

他們不斷向我逼近。我慌亂地環顧室內，想要找到出路逃走。

但是那兩個傢伙堵住通往門口的路，我無路可逃。

「我們不會傷害你的，麥特，」蕾西輕聲說道：「我們想要幫助你，眞的。」

那兩個傢伙又朝我逼近一步。我向後退縮，他們「看起來」實在不像是要幫助我。

「別害怕，麥特，」蕾西說，「我們必須跟你談談。」

她在我面前坐了下來，想讓我覺得不用害怕。那兩個傢伙則站在她的兩側守衛著。

「告訴我這是怎麼回事！」我要求她。

蕾西清清喉嚨。

「你陷入一個扭曲的時空裡。」

她解釋道，好像我會知道她在說什麼似的。

「噢，當然，扭曲的時空，」我戲謔地說，「我就知道發生了什麼怪事。」

「正經一點，」矮一點的傢伙吼道：「這可不是開玩笑的，你給咱們製造了好多麻煩。」

蕾西要他住口。

「別說話，韋恩，讓我來處理。」

她轉向我，用輕柔的聲音問道：「你不知道什麼是扭曲的時空，是不是？」

「不知道，」我回答，「但我知道我不喜歡。」

「當你在家裡的客房入睡時，掉進了一個時空的縫隙裡。」她說。

她對我說得越多，事情就顯得越莫名其妙。

「我家客房裡——有個時空的縫隙？」

她點點頭。

這句英文怎麼說

你陷入一個扭曲的時空裡。
You're trapped in a Reality Warp.

「你在一個現實中入睡，卻在另一個現實中醒來。從那時候起，你就被卡在那個洞裡，現在只要你一入睡，就會改變現實世界的次序。」

「那……那就讓它停止呀！」我請求道。

「我會讓『你』停止！」高個子威脅道。

「布魯斯——拜託！」蕾西厲聲斥道。

「這一切到底跟你們有什麼關係呢？」我問道。

「你觸犯了法律，麥特，」她又說，「每次你一變化，就觸犯了現實的律法。」

「我又不是有意的！」我抗議道：「我甚至沒聽說過什麼現實的律法，我是無辜的！」

蕾西努力安撫我。

「我知道你不是有意的，但是那不重要。它就是發生了，當你的身體變化時，也讓許多人的現實起了變化。如果你一直這麼變化下去，就會搞得天下大亂了。」

「妳不明白！」我喊道：「我想要停止，我願意做任何事情讓它停止，只要能夠回復正常。」

「別擔心，」韋恩低聲說道，「我們會讓它停止的。」

「我們是『時空警察』，」蕾西對我說，「職責就是讓現實維持正常。我們一直想要跟上你，麥特，但是這並不容易，因為你一直變個不停。」

「但是爲什麼呢？」我問，「你們想要做什麼？」

「我們必須抓住你，」蕾西說道：「不能容許你繼續違反現實的律法。」

我快速地思考著。

「是那間客房在作怪是不是？這一切之所以會發生，都是因爲我睡在那間客房裡？」

「嗯……」

「我以後再也不睡那間客房了！」我保證道：「我不介意變不回原來的自己，這副十四歲的皮包骨身體還不算太糟。」

蕾西搖搖頭。

「太遲了，麥特，你已經陷入洞裡，不論你睡不睡在客房都無所謂了。每次你一入睡——然後醒來——你都會改變現實，無論你在哪裡。」

這句英文怎麼說

我以後再也不睡那間客房了！
I'll never sleep in the guest room again.

「妳的意思是——我再也不能睡覺了？」

「不完全對。」蕾西瞥一眼那兩個傢伙，接著以湛藍的眼睛凝視著我。

「我很抱歉，麥特……我真的很抱歉，你似乎是個好人。」

一股冰涼的寒氣滑下我的脊背。

「妳……妳這是什麼意思？」

她輕拍我的手。

「我們沒有別的選擇，麥特。我們得讓你入睡——永遠。」

22.

我驚恐地瞪著她。

「你們……你們不能這麼做！」我結結巴巴地說。

「噢，我們當然可以。」韋恩說道。

「而且我們會這麼做。」布魯斯又說。

「不！」我喊道，並跳起身來，往門口衝去。但是布魯斯和韋恩早就料到我會這樣，他們一把抓住我，把我的胳膊拗到背後。

「你哪兒也不能去，孩子。」韋恩說道。

「放開我！」

我尖叫道，並掙扎、扭動著。但現在的我不是一頭巨大的怪獸，只是個骨瘦

如柴的小孩，根本敵不過布魯斯和韋恩。

即使是蕾西，如果她想要的話，恐怕也能打倒我。

兩個傢伙把我甩在後面的牆壁上。

「我們待會兒會再回來，」蕾西說道：「你不用太擔心，麥特。不會痛苦的。」

他們出了房間，我聽見鑰匙轉動的聲音。

我又被困住了。

我搜索著房間，想找到逃生的出路。這屋子一片空蕩，沒有半件家具，連張椅子也沒有，只有四面光禿禿的牆壁，一扇鎖著的門，還有一個裝著鐵條的小窗。

我打開窗戶，伸手搖晃鐵條，希望它們也許會鬆動或什麼的，但是它們晃也不晃。

我就好像被關在監牢裡，被「時空警察」給關了起來。

接著，我把耳朵貼在門上凝神傾聽，聽見蕾西、布魯斯和韋恩在另一個房間裡說話。

「他得喝下昏睡藥，」韋恩說，「我們得確定他喝下一整杯，否則他可能會

這句英文怎麼說

你哪兒也不能去。

You're not going anywhere.

醒來。」

「但要是他吐出來怎麼辦？」蕾西問，「要是他不肯吞下去呢？」

「我會讓他吞下去的。」布魯斯說。

哎呀！我再也聽不下去了，我狂亂地在屋裡踱步。

他們要強灌我喝下一種昏睡藥，好讓我永遠沉睡！

我以前也遇過麻煩。在高中的那一天，當時看來似乎很恐怖，變成怪物也很可怕，但是現在——我真的完蛋了。

我得想個辦法脫離這場混亂！

但是怎樣才能脫身呢？有什麼辦法？

突然，我腦中靈光乍現。

以前我是怎麼解決麻煩的？

我睡覺，接著問題就消失了。

沒錯，我醒來後總會遇上更糟糕的新問題，但是沒什麼事情能比這次更糟糕了！

這句英文怎麼說

想要睡著可不是件容易的事。
Falling asleep wasn't going to be easy.

也許我睡著，接著會在別的地方醒來，這樣就可以脫身了。

我又來回踱了幾步。

唯一的麻煩是——我怎麼能夠入睡呢？我嚇都嚇壞了！

我知道自己無論如何都得試試看，於是在地板上躺了下來。這裡沒有床，沒有枕頭，也沒有棉被，日光從鐵窗流瀉進來。

想要睡著可不是件容易的事。

你做得到的。我對自己說。

我記得媽媽——我真正的媽媽——她總是說，就算外頭颳龍捲風我也能睡得著。

我很能睡，這是真的。

我想念媽媽，彷彿已經好久、好久沒見過她了。

要是有什麼辦法能讓她回來就好了。

我一邊閉上眼睛，一邊想著。

在我很小的時候，她總會唱歌哄我入睡。我還記得她唱的搖籃曲，是關於可愛的小馬……

我對自己哼著那首歌。

在我察覺之前，我已經進入夢鄉了。

這句英文怎麼說

我依然是個囚犯。
I was still a prisoner.

23.

我張開眼睛揉了揉。

我睡著了嗎？

沒錯。現在，我是在哪兒呢？

我往上看——是普通的天花板；環顧四周——是光禿禿的牆壁。

有一扇門，還有一扇窗戶——上頭裝著鐵條。

「不！」我憤怒地喊著：「不！」

我仍舊身處原來的房間，樹林中的同一間屋子裡。

我依然是個囚犯。

我的計畫不管用。

現在,我該怎麼辦?

「不——」

我太生氣、太挫敗、太害怕了,狂怒地跳上跳下。

先前的計畫不靈光,我再也沒有主意了,真不知道該怎麼辦才好。

現在我很確定知道自己逃不掉了。

這下我完蛋了……

我聽見蕾西和那兩個傢伙在另一間房裡,正在準備昏睡藥。

他們要讓我一睡不醒,我將再也見不到媽媽、葛瑞格,還有潘了。

他們怎能這樣對我?這不公平!我沒有做錯任何事,至少,我不是有意的!

想到這一切讓我越來越憤怒,不禁尖叫起來:

「不——」

我的聲音聽起來好奇怪。

我又再度尖叫,這次比較小聲一點。

「不——」

這句英文怎麼說

他們要讓我一睡不醒。
They'd put me to sleep forever.

我以爲自己在說「不」，但聽見的卻不是這個，而是一種吱吱的叫聲。

「不！」我又說一遍。

我仍聽見「吱！」。

這是我的聲音沒錯，但並不是人類的聲音。

於是我看看自己。

剛剛我忘了檢查自己了。一發現自己仍被關著，頓時驚恐得六神無主，完全沒想到我可能已經變樣了。

何況，我「的確」變樣了。

這次我變得很小，大約只有八吋高。

我有小小的爪子、灰色的皮毛，還有一條毛茸茸的大尾巴。

我變成了一隻松鼠！

我的視線轉向窗戶——現在，我可以輕易從鐵條間鑽出去了。

我一秒鐘也不耽擱，蹦蹦跳跳地爬上牆壁，扭動身軀鑽過鐵條。

我自由了！太棒了！

我做了個小小的松鼠後空翻來慶祝。

接著用最快的速度跑過樹林，找到進城的路。

我用小小的松鼠腳爪急速奔過城鎮，似乎花費了好長的時間。即使短短的距離，對此時的我來說，卻變得很長。

城裡一片寂靜，一切如常，並沒有怪獸招搖過市、大嚼汽車的痕跡。

我想那個「現實」已經消失了。

這是一個新的現實——我成了一隻松鼠。但至少我是隻「醒著」的松鼠，總比做個必須永遠沉睡的男孩要好。

我嗅嗅空氣，發現自己的嗅覺變得極爲靈敏。我想，我能夠從城鎮中央嗅到我家的氣味。

我奔過馬路，但是忘了媽媽不斷叮嚀我的一件事——過馬路前，要先看看兩邊。

結果一輛車從街角急轉過來，駕駛看不見我。

巨大的黑色輪胎朝我直壓過來，我努力想閃躲開來，但是來不及了……

我不禁閉上眼睛。
這就是我的結局嗎？
我納悶著。
成爲輪下的冤魂？

這句英文怎麼說

過馬路前，要先看看兩邊。
Look both ways before you cross.

24.

嘎——

駕駛急踩煞車，車子在一陣刺耳的聲音中停住了。

接著一切都安靜了下來。

我睜開眼睛，其中一個輪胎是如此地逼近，碰到了我的耳朵。

我從輪子底下竄了出來，奔過馬路。那輛車加速駛走了。

我跑到人行道上，一條狗在庭院中守望，牠朝著我吠叫。

哎呀！

我閃身躲開，爬到一棵樹上。那狗在後面追趕，兇猛地吠叫著。

我躲在樹上，直到那狗吠得膩了。牠的主人呼喊牠，於是牠就跑開了。

這句英文怎麼說

總是有某件事情阻止我
Something always stopped me.

從樹上溜下來後，我衝過那片庭院。

在剩下來的返家路途上，我不斷閃躲著汽車、腳踏車、行人、貓、狗……

終於，我發現自己正抬頭凝望著家。它並沒有什麼特別——我是說我的家——只是一棟油漆斑剝的白色方形屋子。

但在我看來，它很美。

我有了個新計畫，一個可能一勞永逸停止這種種瘋狂的主意。

我希望能夠辦到。

我知道所有的問題都是從我睡在客房開始，那兒是時空縫隙的所在——蕾西是這麼說的。

但是從那時起——從我第一次睡在客房——我就沒有再在自己的房間睡過覺，一次也沒有。

總是有某件事情阻止我——要不是有別人睡在那兒，就是它被用做其他的用途。當我睡在自己的房間時，生活都很正常。我那小小的老房間……從未想過我竟會如此想念它。

因此，我決定「必須」再次睡在老房間，也許這樣就能讓所有的事情回復正常，回到過去的樣子。

我知道這聽起來很蠢，但是值得一試。更何況，我也沒有其他法子可想了。

我蹦蹦跳跳地沿著排水管爬上二樓，透過老房間的窗戶朝裡面窺看。

它就在那兒！老房間裡有我的床和所有的東西。

但那窗戶是關著的，我想用小小的松鼠爪子推開它，但是沒用。

我檢視屋子裡其他的窗戶，也都是關著的。

一定還有別的法子可以進屋，也許我可以想個辦法從門口溜進去。

有人在家嗎？

我透過客廳的窗戶往裡頭望。

是媽媽！還有潘和葛瑞格！

他們回來了！

我興奮極了，不斷地跳上跳下，還嘰嘰喳喳叫個不停。

這時，畢吉搖搖晃晃地踱進客廳。

這句英文怎麼說

我也沒有其他法子可想了。
I didn't have any other ideas.

噢，對了，我忘了畢吉了。

然而在這個時候，我不是太高興見到牠。

畢吉最喜歡追松鼠了。牠立刻就瞧見了我，吠叫起來。

潘抬頭一看，她笑了起來，並指著我。

好耶！快到我這兒來。

潘，打開窗戶讓我進來！

她輕輕地打開窗戶。

「到這兒來，小松鼠，」她柔聲說道：「你好可愛喲！」

我遲疑了一下。

我想要進屋裡去，但是畢吉像瘋了似地吠叫著。

「把畢吉關到地下室去！」潘對葛瑞格說：「牠嚇著松鼠了！」

她對身爲松鼠的我，要比對她的小弟好得多。但我暫時不去計較這個。

葛瑞格把畢吉領到地下室，把門關上。

「來吧，小松鼠，」潘細聲細氣地說：「現在安全了。」

我跳進屋裡。

「瞧！」潘喊道：「牠想要進來，就像是被養乖了似的。」

「別讓牠進來！」媽媽警告：「這些動物會傳染疾病，或者至少身上會有蝨子。」

我盡量不去聽她說的話。畢竟，聽自己的媽媽這樣侮辱你是很難受的。

我把心思專注在如何上樓。要是能上樓到我的房裡睡覺，只要睡上幾分鐘……

「牠想要逃跑！」葛瑞格喊道：「抓住牠！」

潘朝我撲來，我飛竄出去。

「如果這隻松鼠在屋子裡跑丟了，潘蜜拉，」媽媽警告道：「妳就會有很大、很大的麻煩了。」

「我會抓到牠的。」潘保證。

只要我有辦法，就絕不會讓妳抓到。

我暗暗發誓。

這句英文怎麼說

你就會有很大的麻煩了。
You're going to be in big trouble.

潘在樓梯上攔截我，我衝進廚房。

潘緊追在後。她一進來，就關上廚房的門。

我被困住了。

「到這兒來，小松鼠，」她叫我，「到這兒來，乖乖。」

我抽動尾巴，搜尋著廚房，想要找到一條出路。

潘慢慢地朝我逼近，試著不要把我嚇跑。

我竄到桌子底下，她朝我撲來，可是沒抓到。

但是當我跳走時，她把我逼到角落，接著把我抓了起來。

我從不知道她的身手如此敏捷。

她抓住我的後頸，箝住我的腳。

「我抓到牠了！」她喊道。

葛瑞格推開廚房的門，媽媽站在他後面。

「把牠扔出去——快點！」媽媽命令。

「我不能養牠嗎？媽媽……」潘懇求道：「牠會是隻多麼可愛的寵物呀！」

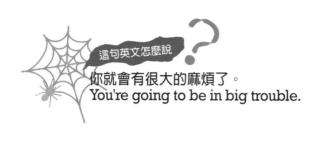

我打了個哆嗦。

我——當潘的寵物！真是噩夢呀！

但這也許是我回到自己房間的最佳機會。

「不！」媽媽堅決地說：「妳絕對不能留下牠，把牠扔出去——馬上！」

潘的嘴角垂了下來。

「好吧，媽媽，」她哀怨地說：「妳說了算。」

她把我拎出了廚房。

「媽媽好壞，」她說得很大聲，好讓媽媽聽見，「我只不過想要摸摸你，抱你一會兒，這又有什麼錯了？」

大錯特錯，潘是我最不願意讓他摸我、抱我的人，除了葛瑞格之外。

她打開前門。

「再見，可愛的小松鼠。」她說完，關上大門。

但是她並沒有放我走，反而把我緊緊摟在臂彎裡，再悄悄地溜進樓上的房間。

這句英文怎麼說

我不會把你留在這兒很久的。
I won't keep you very long.

「別擔心，小松鼠，」她輕聲說道，「我不會把你留在這兒很久的，只是一下下。」

她從床底下拉出一個東西，是她的舊倉鼠籠子。

潘打開籠門，把我推了進去。

「不！」我抗議道。

但是，我只能吱吱叫。

她鎖上門閂。

我又成了囚犯了！

25.

現在我該怎麼辦呢？

我狂亂地想著。

我被困在這個愚蠢的籠子裡，而且還不能講話。

我要怎樣才能回到自己的房間呢？

另一個不妙的念頭浮上我的心頭。

如果我在這個窄小的倉鼠籠裡睡著了，醒來時會發生什麼事呢？

潘的一張大臉從籠子上方逼近。

「你餓了嗎？我可愛的小松鼠，我去拿點堅果什麼的給你吃。」

她離開房間一會兒。我在籠子裡來回踱步，努力思索。接著，我竟然發現自

這句英文怎麼說

另一個不妙的念頭浮上我的心頭。
Another bad thought came to me.

己正在倉鼠轉輪上跑著。

快停下來！

我對自己說。

我強迫自己跳下轉輪，並不想要習慣當隻囓齒動物。

「吃的來了，小松鼠。」

潘捧著一把堅果回到房間。她打開籠門，把堅果灑進籠子裡。

「嗯、嗯，好吃！」她尖聲尖氣地說。

噢，眞是夠了。

我吃著堅果。在經歷種種冒險之後，我已經很餓了。但若不是潘從頭到尾注視著我，我應該會吃得更香甜些。

電話響了。

隔了一會兒，我聽見葛瑞格喊道：

「潘！電話！」

「來了！」潘喊道。她跳起身來，跑出房間。

我就像個呆瓜一樣，坐在那兒大啃堅果。過了五分鐘後，我才注意到潘忘了門上籠門。

「太好了！」我吱吱叫了起來，頭一次很高興潘不是個天才。

我用腳爪推開籠門，爬向臥室的房門，留心傾聽著腳步聲。

四下無人，現在正是好機會！

我衝出房門，穿過走廊，奔向我的房間。

門是關著的。我用小小的松鼠軀體撲上去，想要推開它。

但是沒有用，門緊緊地關著。

糟了！

我聽見走廊上響起腳步聲。

潘回來了！

我知道得在潘把我抓回籠裡之前溜出去，或是被媽媽用掃帚打得稀爛之前……

我快步跑下樓梯，進入客廳。

這句英文怎麼說

我衝出房門。
I dashed out the door.

那扇窗戶還開著嗎？

是的。

我跑到沙發後面，沿著牆壁，鑽進一張椅子底下……

接著我跳上窗台，再跳進院子裡。

我爬上樹，在一根樹枝上蜷起身子休息。

身爲一隻松鼠，我是沒有辦法進入自己的房間的。

我能做的只有一件事——就是必須再次入睡。

這一次醒來時，我最好能變回人類，因爲我必須進入自己原來的房間。如果不能，我就會有麻煩了——而且是很大的麻煩。

那些時空警察正在追蹤我，他們要找到我只是時間問題。

如果被他們抓到，我就死定了。

26.

嘩啦！乒乓！

哎喲！

我重重地摔在地上。

這是什麼爛起床方式呀！

這回我又變成什麼了？

眞是讓人鬆了一口氣——我又是個十二歲的男孩了。

但我依然不是原來的我，而是個非常、非常圓胖的男孩，圓得像個氣球。

難怪那根樹枝撐不住我……

不過沒關係，我又變回人類，也可以說話了。

這句英文怎麼說

我完全不知道會是誰來應門。
I had no idea who would answer.

也許現在我終於可以進到自己的房間了。

我邁開大步，直直向前門走去，想要扭動門把。

門是鎖著的，於是我敲了門。

我完全不知道會是誰來應門，但希望不會是個怪獸家庭。

門開了。

「媽媽！」我喊道，看見她我真是太高興了。

「媽——是我！麥特！」

媽媽瞪大眼看著我。

「你是誰？」她問。

「麥特！我是麥特，媽媽，是妳的兒子呀！」

她斜眼瞧我。「麥特？我不認識任何叫做麥特的人。」她說道。

「妳當然認識，媽媽！妳不記得我了嗎？不記得小時候，妳總是唱給我聽的那首搖籃曲嗎？」

她懷疑地瞇起眼睛。

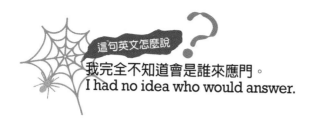

葛瑞格和潘在她身後出現。

「是誰呀？媽媽。」潘問道。

「葛瑞格！」我喊道，「潘！是我呀——麥特！我回來了！」

「這個孩子是誰呀？」葛瑞格問道。

「我不認識。」潘說道。

噢，不，拜託別讓這種事情發生，我就只差那麼一點了……

「我必須在自己的房間裡睡覺，」我哀求道：「拜託，媽媽，讓我到樓上去，睡在我的房間裡。這是性命交關的事呀！」

「我不認識你，」媽媽說，「也不認識任何叫做麥特的人，你找錯人家了。」

「這孩子一定是秀逗了。」葛瑞格說。

「媽媽！等等！」我喊道。

媽媽在我面前甩上了大門。

我轉過身，走下人行道。

現在該怎麼辦？

這句英文怎麼說

我必須在自己的房間裡睡覺。
I need to sleep in my old room.

我思索著，停下腳步，往街道那頭望去。
只見三個人正朝我跑來。
是我最不想見到的那三個人——蕾西、布魯斯和韋恩。
那些時空警察！他們找到我了！

27.

「他在那裡！」蕾西指向我，三人朝著我奔來。

「抓住他！」

我轉身狂奔。但這並不容易，現在的我沒辦法跑得很快。

爲什麼我這次得變個胖子醒來呢？

不過我有個優勢，就是對這附近的環境瞭若指掌——他們則不。

我跑過隔壁人家的院子，回頭一望，那些時空警察正努力要趕上我，離我還有半條街的距離。

我消失在隔壁屋子後面，再悄悄繞到我家。

車庫後面是一排濃密的矮樹叢，我躲到樹叢後面，屏住呼吸。

這句英文怎麼說

我沒辦法跑得很快。
I couldn't run very fast.

幾分鐘後，三雙腳快步跑過我的身邊。

「他到哪兒去了？」我聽見蕾西問道。

「一定是往另一個方向去了，」韋恩說道，「快來吧！」

他們跑走了。

呼！終於又可以呼吸了，我不禁呼出一大口氣。

暫時安全了，但我知道那些時空警察會再次找到我的。

我必須回到房間，但媽媽是不可能讓我進門的，她覺得我是個徹頭徹尾的神經病。

現在只有一個辦法——我得私闖進屋。

我要等到天黑，等到每個人都入睡。

接著，我要找到一扇開著的窗戶——或者必要的話，我得打破一扇窗。

我要溜進自己的房間，睡在那兒，並希望不會發現有別人睡在裡頭。

在此同時，我得等待黑夜降臨。我待在樹叢後面，盡可能安靜地躺著。

而且我努力保持清醒，可不想再次入睡。

如果我睡著了，天曉得又會變成什麼？那我可能永遠進不了我的房間。

時間緩慢地過去，最後黑夜終於來臨，四周一片寂靜。

我使勁爬出矮樹叢，手臂和雙腿因爲躲了半天而痠痛不已。

我望著自家屋子，每個人都就寢了，除了媽媽，她臥室的燈還亮著。

我一直等到燈光熄滅，又等了半小時，給她時間睡熟。

之後，我悄悄地溜到屋子前方。我的房間是在二樓。

我知道媽媽把所有的門都上鎖了，也知道她會把一樓所有的窗戶都鎖上。她每晚都會這麼做。

我得爬上二樓，從窗戶偷溜進去，這是唯一的辦法。

而且要爬上窗戶旁邊的那棵樹，再伸手去抓住排水管。

接著，我得設法踏上窗外那塊狹窄的窗檯，抓牢排水管，以保持平衡。

如果我能踏上窗檯，也許就能打開窗戶爬進去。

無論如何，這是我的計畫。我越去想，就越覺得它很蠢。

那最好別再想了，只管去做便是。

這句英文怎麼說

我知道媽媽把所有的門都上鎖了。
I knew Mom had locked all the doors.

我踮起腳尖，伸手去抓最低矮的樹枝。

還差一點才搆得著，我得跳起來。

於是我彎曲雙膝，往上一跳，指尖擦到了樹枝，但卻沒法抓住它。

如果我不是這麼胖就好了！我幾乎跳不起來。

但我不會放棄的……我暗暗發誓。

如果這也行不通，我就完蛋了。

於是我深吸一口氣，凝聚全身的力氣。

我蹲伏下來，再用盡全力往上跳。

好耶！我抓到樹枝了！

我掛在那兒有一秒鐘，扭動著身軀，踢著雙腿——它們好重呀！

我翻過身來，用腳蹬著樹幹往上爬。我用盡了吃奶的力氣，終於讓自己騎上一根樹枝。

呼！剩下的爬樹工作就很容易了。

我一直往上爬，直到攀上窗戶外頭的那根樹枝。

我一邊站起身來，一邊抓住頭頂的一根樹枝。結果只剛好能搆著排水管，真希望它能支撐得了我。

我抓牢排水管，努力以腳踏上窗檯。但是失敗了。

我用指尖抓著排水管，掛在那兒。往下望去，地面似乎很遙遠。

我緊抿雙唇，不讓自己尖叫出來。我喘著氣，掛在那兒。但是，我必須踏上窗檯，否則就會摔下去。

我向左邊扭去，想要靠近窗檯一些。

喀啦！

那是什麼聲音？

喀啦！

是排水管……它快要支撐不住了！

這句英文怎麼說

它快要支撐不住了！
It wasn't going to hold!

28.

喀啦！

我感到一陣暈眩，排水管就快要斷裂了。

我聚集全身的力氣，緊緊抓住排水管，將一條腿盡可能伸長。終於，我的腳趾碰到了窗檯。

我踏上一隻腳，緊接著又踏上另一隻。

我辦到了！

我蹲伏在窗檯上，用一隻手緊緊握著排水管，以保持平衡。

我一動也不動，努力想要喘過氣來。夜晚很涼爽，但我卻感覺到一顆顆豆大的汗珠滑下臉頰。我用空著的那隻手將它拭去。

我凝視著窗內，只見房間一片漆黑。

有人在裡頭嗎？

我無從判斷，而且那窗戶是關著的。

拜託它千萬不要是鎖著的。如果沒辦法進去，我就會被困在窗檯上，連下去都有困難。

當然，除非是摔下去。

我小心翼翼地推著窗戶，它往上滑動了。

它並沒有上鎖！

於是我把窗戶推開，爬進房間，整個人跌落在地板上。

我不由得僵在當場。

有人聽見我發出的聲音嗎？

沒有聲息，所有的人都還睡著。

我站起身來，看見自己的床就在那兒！我原來的床，而且它是空著的！

因爲太高興了，我眞想跳起來大喊大叫，但是我忍住了。

這句英文怎麼說

所有的人都還睡著。
Everyone was still asleep.

我決定把慶祝留到明天——如果我的計畫能成功的話。

接著我脫下鞋子，爬到床上。一碰到乾淨的被單，我不禁嘆了一口氣。

能夠回來眞是太好了，幾乎所有的東西都回復了正常。

我睡在自己的房間裡，媽媽、潘和葛瑞格都睡在各自的房裡。

好吧……只有此刻的我並不太像自己，我還沒有變回原來的身體。

而且我的家人不認得我。如果他們現在看見我，會以爲我是個竊賊或瘋子。

我把這些念頭趕出腦海，我要想像明天早晨的光景。

明天會發生什麼事呢？

我滿是睡意地想著。

當我醒來時，我會是誰呢？我的生活會恢復正常嗎？

或者，我會發現蕾西和那兩個傢伙站在我床邊，正準備向我撲來？

現在只有一個辦法可以知道——我閉上眼睛，沉入夢鄉。

29.

我感覺到暖暖的東西落在我的臉上——是陽光。

一睜開眼睛——

我在哪裡？

我極目四望，發現自己置身於一間堆滿雜物、又小又擠又亂的房間裡。

這是我的老房間！

我的心臟頓時漏跳了一拍。

計畫成功了嗎？我回復原狀了？

我迫不及待地想要知道，於是掀開被單，跳下床，急忙衝到臥室門後的鏡子前。

這句英文怎麼說

我回復原狀了？
Was I back to normal?

我看見一個瘦巴巴的十二歲金髮男孩。

好耶！我變回來了！

又是原來的我了！

「喔——呼！」我喊道。

畢吉用鼻子把門頂開，搖搖擺擺地走進房間，朝著我咆哮、吠叫起來。

「畢吉！」我開心地喊著，彎下腰來摟抱牠，牠卻反咬我一口。

我的好畢吉。

「麥特！」我聽見媽媽的聲音從廚房傳來——我真正媽媽的聲音。

「麥特，別惹畢吉，不要戲弄牠！」

「我沒有在戲弄牠！」我吼了回去，她老是什麼事情都怪我。

但是我不在乎！我太高興能回來了！

我快步奔下樓吃早餐。

他們坐在那兒——媽媽、潘、葛瑞格，就像我離開的時候一樣。

「那怪胎走進廚房，進行早晨的進食，」葛瑞格對著他的錄音機說道：「怪胎吃些什麼呢？讓我們瞧瞧就知道了。」

「葛瑞格！」我歡聲叫道，並用雙臂環繞他的脖子，擁抱著他。

「嘿！」他使勁把我推開。「快放開我，怪胎！」

「還有潘！」我也給了她一個大大的擁抱。

「你有什麼毛病啊？智障，」她兇巴巴地說，「我知道了——你昨晚被外星人綁架了！我說對了嗎？他們還給你洗腦。」

我不理會她的玩笑，輕拍她酷似百利菜瓜布的頭頂。

「快住手！」她鬼叫著。

接著我給了媽媽一個最大、最大的擁抱。

「謝謝你，寶貝。」她拍拍我的背，至少她這次是站在我這邊的。

「吃些穀片，麥特，」她說，「我快要來不及了。」

我快樂地嘆一口氣，給自己弄了些穀片。

一切都恢復正常了，甚至沒人注意到我曾經離開。

我發誓再也不會走進那間愚蠢的客房了，永不——從現在起，我要待在自己

這句英文怎麼說

我不理會她的玩笑。
I ignored her jokes.

的小房間裡，無論它是多麼地窄小、擁擠。

啪！

有東西刺中了我的後頸。

我轉過頭來。葛瑞格對我咧嘴而笑，手裡拿著一根吸管。

他對著錄音機說：「如果你對怪胎發射一個紙團，他會有什麼反應？」

「我打賭他會哭得像個嬰兒。」潘說。

我聳聳肩，回頭吃我的穀片。

「你們激怒不了我，」我說：「我太開心了。」

潘和葛瑞格對望了一眼。潘用一隻手指在腦袋旁邊轉了轉，那是「他秀逗了」的國際手語。

「這怪胎身上一定發生了什麼事。」葛瑞格宣告。

「沒錯，」潘也同意：「這怪胎變了。」

那天上學眞是太有趣了。回到國中一年級眞是太棒了，比高中容易太多了。

我們在體育館裡踢足球，我甚至還射進了一球。

但是在去上最後一堂課的路上，我看見一件讓我心跳暫時停止的事。

一個女孩沿著走廊走過來，大約跟我同樣年紀，金髮紮成一條又粗又長的馬尾。

噢，不——是蕾西！

我簡直嚇呆了。

我該怎麼辦？那些時空警察還在追蹤我嗎？我已經搞定所有事情了呀！他們不需要再讓我永遠沉睡了！

我得趕緊離開這兒。

當我準備好要開溜時，那女孩轉過身來，對我露齒一笑。

她不是蕾西，只是一個留著金色長髮的女孩。

我不禁深深呼了一口氣。

看來我需要放鬆……

現在已經結束了，一切都只是一場噩夢。算是吧。

這句英文怎麼說

我今天請假。
I took the day off.

那女孩走開了。我走進最後一堂課的教室，到處都沒有蕾西、布魯斯，或是韋恩的蹤影。

我一路吹著口哨回家，心裡想著家庭作業會是多麼簡單呀。

我走進家門。

「嗨，麥特！」媽媽喊我。

「媽媽？」我很訝異會看見她。通常我回家的時候，她都還在上班。「妳今天怎麼這麼早回家？」

她對我微笑。

「我今天請假，」她解釋，「家裡有些事情要做。」

「噢。」我聳聳肩，打開電視機。

但媽媽把電視關掉。

「麥特——你不好奇嗎？」

「好奇？好奇什麼？」

「好奇我這一整天在做些什麼呀？」

我環顧一下客廳，所有的東西看起來都沒變啊！

「我不知道，妳都做了些什麼？」

她再次微笑，看起來像是爲了什麼事情興奮著。

「你忘了嗎？你的生日就在這個星期呀！」

的確，我眞的忘了，尤其最近發生了這麼多奇怪的事……

當你只顧著逃命時，是不會想到自己的生日的。

「我爲你準備了一個特別的驚喜，」媽媽說，「到樓上來，我帶你去看。」

我跟著她上樓，不禁跟著興奮起來。

這個驚喜會是什麼呢？爲了我的生日如此大費周章，眞不像是媽媽的作風。

這個驚喜一定非比尋常。

她在我的房門口停了下來。

「這個驚喜是在我的房間裡嗎？」我問道。

「你瞧。」她推開房門。

我往房裡看去，裡頭堆滿了厚紙箱，大大的紙箱從地板堆到了天花板。

這句英文怎麼說

這些全是給我的禮物嗎？
Are all those presents for me?

哇！

「這些全是給我的禮物嗎？」我問道。

媽媽笑了起來。

「禮物？這些紙箱？當然不是！」她笑著說。

我就知道自己想得太美了，不可能是真的。

「哦——那麼，又會是什麼驚喜呢？」我問道。

「麥特，」她說道，「我一直在想你那天跟我說的事，我覺得你是對的，你的房間對你來說太小了，所以我把它改成了儲藏室。」

「妳……妳什麼？」

「沒錯。」她橫過走廊，推開客房的門。

「噹噹噹——噹！」

噢，不……

這不可能，不要這樣。

「生日快樂！麥特。」媽媽喊道：「歡迎來到你的新房間！」

「呃……」我一個字也說不出來。

我的床、我的衣櫥，還有我所有的海報和書，都已經安置在客房裡了。

「麥特，怎麼回事？」媽媽喊道：「是你說你想要這樣的呀！」

我張口結舌，接著尖叫出聲。

我的房間裡堆滿了雜物。
My room was packed with junk.

怪胎對正常人而言，永遠是個謎。
Geeks have always been a mystery to normal humans.

最後潘終於放開了我。
Finally Pam let me go.

她同時兼兩份工作。
She works two jobs.

你不該睡那麼多覺的。
You shouldn't sleep so much.

我可愛的小狗還好嗎？
How is my sweet little pup?

你一定得在餐桌上搞這玩意嗎？
Do you have to do that at the dinner table?

那是因為你是個邋遢鬼。
That is because you are a slob.

我的生活會變成一場徹頭徹尾的災難。
My life would be a complete disaster.

我無法移開視線。
I couldn't stop staring at myself.

你最好快一點，否則上學要遲到了。
You'd better hurry or you'll be late for school.

葛瑞格是最大的。
Greg is the oldest.

你今天是吃錯什麼藥啦？
What is your problem today?

我連自己在哪一班上課都不知道。
I don't even know what class I'm in!

你是這個班上的嗎？
Are you supposed to be in this class?

那女孩把書遞給我。
The girl passed her book to me.

也許我可以讓你清醒一點。
Maybe I can wake you up a bit.

一個我不想見到的人。
Someone I didn't want to see.

我想我是有麻煩了。
I guess I'm in trouble.

我怎麼會跑到這麼遠的未來呢？
How did I end up so far in the future?

不要在走廊上奔跑。
No running in the halls.

我的手肘受傷了。
I hurt my elbow.

我不是故意的。
I didn't do it on purpose.

我今天一整天都這個樣子。
I've been doing that all day.

明天我該怎麼辦呢？
What was I going to do tomorrow?

陽光從窗口灑落進來。
Sunlight poured in through the window.

噩夢結束了。
The nightmare was over.

你就是不善於分享。
You are just not good at sharing.

我要載你去學校。
I am taking you to school.

她看起來很面熟。
She looked familiar.

你昨天有經過一所高中嗎？
Were you walking past the high school yesterday?

這些傢伙是什麼人？
Who are those guys?

我幾乎連自己是誰都不知道。
I hardly know who I am.

我不知道她姓什麼。
I didn't know her last name.

我整晚都坐在電視機前面。
I'd been sitting in front of the TV all evening.

請讓所有事情都恢復正常吧。
Please let everything be normal again.

把這東西弄下來！
Get this thing off me!

廚房就像瘋人院一樣。
The kitchen was a madhouse.

快停止。
Cut it out.

我們開始工作吧。
Let's get to work.

我們今天要嘗試一種新的把戲。
We are trying a new trick today.

我的兒子裡頭沒有膽小鬼。
No son of mine is a coward!

- 你們最好趕緊出去。
  You'd better get out of here.
- 別那麼沒種。
  Don't be chicken.
- 至少我已經習慣他們了。
  At least I was used to them.
- 我隨即知道自己已經改變。
  I know right away I had changed.
- 我是隻奇醜無比的怪物。
  I was one ugly dude.
- 全城都陷入了恐慌。
  The town was in a panic.
- 我得逃離這兒，必須躲起來才行。
  I had to get out of there. I had to hide.
- 謝謝你把他帶來給我們。
  Thank you for bringing him to us.
- 我以為你是我的朋友！
  I thought you were my friend!
- 我昨天到底吃了什麼？
  What did I eat yesterday?
- 他們不斷向我逼近。
  They walked steadily toward me.
- 你陷入一個扭曲的時空裡。
  You're trapped in a Reality Warp.
- 我以後再也不睡那間客房了！
  I'll never sleep in the guest room again.
- 你哪兒也不能去。
  You're not going anywhere.

想要睡著可不是件容易的事。
Falling asleep wasn't going to be easy.

我依然是個囚犯。
I was still a prisoner.

他們要讓我一睡不醒。
They'd put me to sleep forever.

過馬路前，要先看看兩邊。
Look both ways before you cross.

總是有某件事情阻止我
Something always stopped me.

我也沒有其他法子可想了。
I didn't have any other ideas.

你就會有很大的麻煩了。
You're going to be in big trouble.

我不會把你留在這兒很久的。
I won't keep you very long.

另一個不妙的念頭浮上我的心頭。
Another bad thought came to me.

我衝出房門。
I dashed out the door.

我完全不知道會是誰來應門。
I had no idea who would answer.

我必須在自己的房間裡睡覺。
I need to sleep in my old room.

我沒辦法跑得很快。
I couldn't run very fast.

我知道媽媽把所有的門都上鎖了。
I knew Mom had locked all the doors.

它快要支撐不住了！

It wasn't going to hold!

所有的人都還睡著。

Everyone was still asleep.

我回復原狀了？

Was I back to normal?

我不理會她的玩笑。

I ignored her jokes.

我今天請假。

I took the day off.

這些全是給我的禮物嗎？

Are all those presents for me?

禮堂的幽靈

Phantom of The Auditorium

布幕拉起，登場的究竟是……

布魯克最好的朋友柴克被分派飾演學校話劇主角，
也就是幽靈的角色。但是接連發生幾件可怕的事情——
布魯克的置物櫃裡無端出現警告字條、
排練時舞台樑柱上盪下了來歷不明的幽靈……
有人想要毀了這齣戲嗎？
或者，舞台底下真的住了個幽靈？

鬼鋼琴

Piano Lessons Can Be Murder

練，練，練……練到你魂飛魄散。

當傑瑞在新家閣樓上發現一架塵封已久的舊鋼琴時，
他的父母提議讓他學琴。起初，上鋼琴課似乎是個
很酷的主意。但是傑瑞的鋼琴老師身上卻透著古怪。
這位史瑞克博士身上有些東西真的讓人發毛，
究竟是什麼，傑瑞卻也說不上來。
然後傑瑞聽到了那些故事，嚇死人的故事……

每本定價 199 元

雞皮疙瘩系列 33

千萬別睡著！

原著書名——Don't Go to Sleep!
原出版社——Scholastic Inc.
作　　者——R.L. 史坦恩（R.L.STINE）
譯　　者——孫梅君
責任編輯——劉枚瑛、何若文
文字編輯——艾思

國家圖書館出版品預行編目 (CIP) 資料

千萬別睡著！ / R. L. 史坦恩 (R. L. Stine) 著 ; 孫梅君 譯 .
-- 2 版 . -- 臺北市 : 商周出版 : 家庭傳媒城邦分公司發行 ,
民 105.06 176 面 ; 14.8 x 21 公分 . -- (雞皮疙瘩系列 ;33)
譯自 :Don't Go to Sleep!
ISBN 978-986-477-043-4(平裝)
874.59　105010042

版　　權——翁靜如、吳亭儀
行銷業務——林彥伶、石一志
總 編 輯——何宜珍
總 經 理——彭之琬
發 行 人——何飛鵬
法律顧問——台英國際商務法律事務所 羅明通律師
出　　版——商周出版
臺北市中山區民生東路二段 141 號 9 樓
電話：(02) 2500-7008 傳真：(02) 2500-7759
E-mail：bwp.service @ cite.com.tw
發　　行——英屬蓋曼群島商家庭傳媒股份有限公司城邦分公司
臺北市中山區民生東路二段 141 號 2 樓
讀者服務專線：0800-020-299 24 小時傳真服務：(02)2517-0999
讀者服務信箱 E-mail：cs @ cite.com.tw
劃撥帳號——19833503 戶名：英屬蓋曼群島商家庭傳媒股份有限公司城邦分公司
訂購服務——書虫股份有限公司客服專線：(02)2500-7718；2500-7719
服務時間：週一至週五上午 09:30-12:00；下午 13:30-17:00
24 小時傳真專線：(02)2500-1990；2500-1991
劃撥帳號：19863813 戶名：書虫股份有限公司
E-mail：service@readingclub.com.tw
香港發行所——城邦（香港）出版集團有限公司
香港 灣仔 駱克道 193 號東超商業中心 1 樓
電話：(852) 2508-6231 傳真：(852) 2578-9337
馬新發行所——城邦（馬新）出版集團
Cité(M) Sdn. Bhd. 41, Jalan Radin Anum,
Bandar Baru Sri Petaling, 57000 Kuala Lumpur, Malaysia.
電話：(603)9057-8822 傳真：(603)9057-6622
商周出版部落格——http://bwp25007008.pixnet.net/blog
行政院新聞局北市業字第 913 號

美術設計——王秀惠
印　　刷——卡樂彩色製版有限公司
經 銷 商——聯合發行股份有限公司 新北市 231 新店區寶橋路 235 巷 6 弄 6 號 2 樓
電話：(02)2917-8022 傳真：(02)2911-0053

■ 2004 年（民 93）11 月初版
■ 2020 年（民 109）06 月 04 日 2 版 2 刷
■ 定價 / 199 元

ISBN 978-986-477-043-4

Goosebumps : vol#54 Don't Go to Sleep!

Printed in Taiwan
城邦讀書花園
www.cite.com.tw

Goosebumps®

Goosebumps®